U0061111

Geronimo Stilton

奇鼠歷險記⑨

水晶宮的魔法寶物

新雅文化事業有限公司
www.sunya.com.hk

夢想國伙伴團

「伙伴」這個詞，含義是「分享同一塊麪包的人」，意味着互相幫助和共同奮鬥的朋友。伙伴的力量，就來自於這裏！

謝利連摩・史提頓

他是《鼠民公報》的經營者，這可是老鼠島最暢銷的報紙啊！在夢想國，他經歷了數次奇妙旅行！

斯咕嚕・賴嘰嘰

他是謝利連摩在夢想國的第一位官方嚮導。他十分饒舌，但有一顆善良的心。

芙勒迪娜

她是仙女國的皇后，象徵和平與快樂的白色女神。她代表世界的和諧。

藍龍

大家稱他為「神話中的英雄」以及「心靈純淨的王子」。他喜歡幫助弱小，與邪惡和強權鬥爭。

寄居蟹

寄居家族的寄居蟹，出身於古老榮耀的脆殼部落。他的語言十分特別，他的口頭禪是：「你這小子……」

隱形斗篷

從來沒有人見過它，大家只知道它是由數十代隱形蜘蛛編織的布料所製成的。這個蜘蛛家族是完全隱形的啊！

油油鴉

他是夢想國最狡猾的烏鴉，擅長施展各種花招詭計。他的箱子裏裝滿了各種小玩意。

目錄

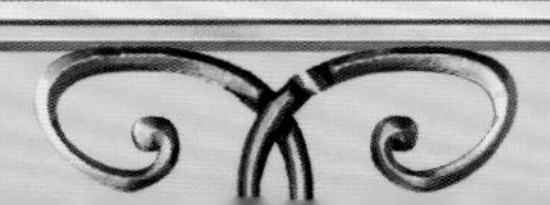

隱形蜘蛛國

紅寶石龍國

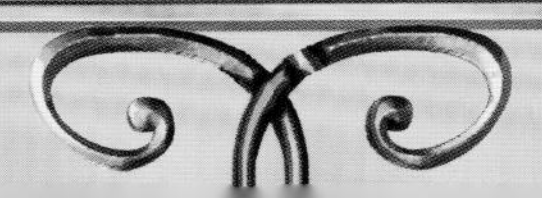

嘶嘶蛇國

千影之國

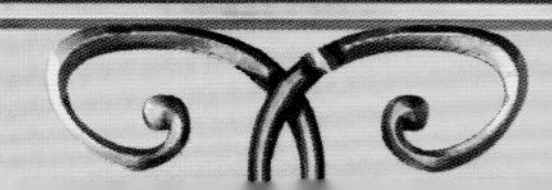

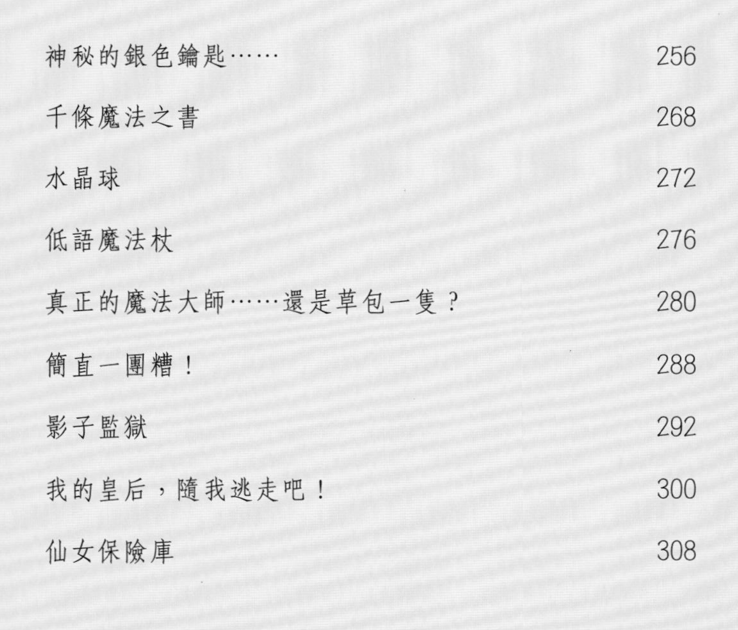

重返妙鼠城

你也想成為尋找幸福的
伙伴團成員嗎？
在這裏貼上你的照片，
並寫上你的名字吧！

貼上你的照片。

我的名字是……………………………………

吓，我是個普通的小老鼠……

親愛的鼠迷朋友們，你們知道我是誰，對嗎？

我叫史提頓，***謝利連摩・史提頓***！我經營着《鼠民公報》——老鼠島上最有名氣的報紙！

你們絕不會相信：我要向大家講述的，是在**夢想國**的又一段奇遇……

沒錯，我描述的正是夢想國，那片**世上最美麗的土地**，在那兒生活着仙女和矮人、巨人和精靈、樹精和巨龍、獨角獸和會説話的神奇動物！

讓我向大家娓娓道來：

一切故事都從這裏開始，從這裏開始……

這天是3月21日，**春季**的第一天……

這天上午，我需要參加在**奇鼠堡**舉辦的會議。為了準時出席，我必須一大早起牀趕飛機。

在前一晚，我拿起**鬧鐘**，設定了時間……不料鬧鐘竟然沒有響！當我醒來時，發現已經晚了起牀。

我馬上衝進浴室洗澡……卻澆了一頭冷水，沒想到浴室的熱水爐壞了！！！

我趕緊穿上衣服，衝出房門，沒想到袖子上的鈕扣**夾**在門上了，然後袖子「嘶啦」一聲裂開了！！！

我只好返回家中更衣，這時我已經比原定時間遲了**很久很久很久**才出門！我急忙攔截的士……沒想到一輛車也攔不到！

我好不容易趕到機場，總算趕在飛機起飛前登上機艙……沒想到又遇上氣流，飛機震動得厲害，讓我全程**吐個不停！**

我洗了一個冷水澡……

…我衝出門，沒想到袖子上的鈕扣夾在門上……

飛機震動得厲害！

會議取消了……

我歷盡千辛萬苦，在會議開始前趕到會場……卻發現會議**取消**了！！我只好回家去。

我一瘸一拐地回到家門前……才發現丟失了鑰匙，我被**鎖在門外**了！！！

我幾經波折終於踏進家門……竟發現家裏汪洋一片，原來清晨離家時我忘了關**水龍頭**！！！於是，我得馬上收拾家具和抹地。

待我**筋疲力盡**地爬上牀，已是午夜時分了……可我毫無睡意！！！

我回到家門前，才發現丟失了鑰匙……

家裏一片汪洋！

我打開**電腦**，好不容易寫完了新書的章節……卻不小心按了刪除鍵，一整篇稿子就沒有了！

一整篇稿子就沒有了！

我絕望地尖叫起來，氣得連鬍子也吹到天上去了：

「***我受夠啦啦啦！多麼可怕的一天！***」

隨後我歎了口氣：「哎，我要是能回到**夢想國**該多好！只要展開夢想的翅膀，我就能解決一切難題！」

我筋疲力盡地爬上牀……

我慢慢地沉入夢鄉，

由上**千個夢**組成的夢鄉……

我開始做夢……做夢……
我開始做夢……做夢……
我開始做夢……做夢……
我開始做夢……做夢……
我開始做夢……做夢……
呼嚕
呼嚕
呼嚕！

午夜時分，我被一陣
叮叮噹噹的鈴聲驚醒了……
我走到窗邊查看，
只見面前停着一輛……
由十三隻銀色獨角獸
拉着的銀色馬車！

銀色獨角獸馬車

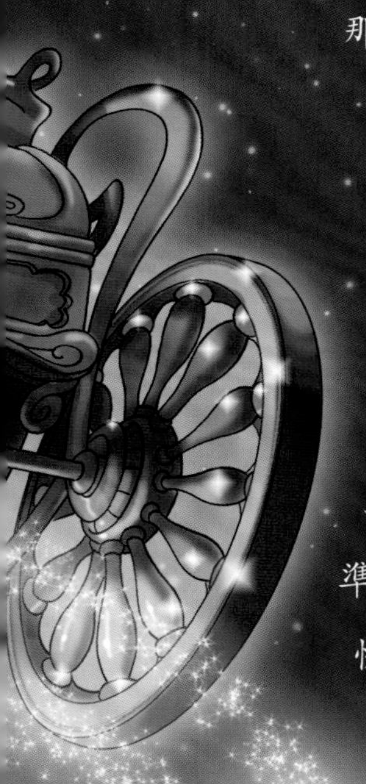

那些獨角獸抬頭齊聲嘶鳴，那聲音

宛如銀鈴般悅耳。

從馬車裏探出一張熟悉的面孔，一把聲音高喊着：「騎士士士士！你準備好開始新的歷險險險險了嗎？快快快，我們必須迅速速速**出發！**」

我**睡眼惺忪**地尖聲問：「啊啊啊？咕吱吱？？你說什麼麼麼？？？」

那傢伙一個箭步邁出馬車，幾下就蹦到我面前。原來是他，真的是他，的的確確是他……我的老朋友斯咕嚕．賴嘰嘰！！！

斯咕嚕．賴嘰嘰是一隻考究的癩蛤蟆，也是我在夢想國旅行時的嚮導！

他催促我：「快快快，騎士，快登上馬車，我們立刻啟程！」

斯咕嚕．賴嘰嘰

賴嘰嘰是一隻有真才實學的癩蛤蟆，畢業於聞名夢想國的樹精靈大學，主修「神話、傳説和童話比較文學」、「吹牛、大話及其他饒舌學」以及「白日夢哲學」。他是研究女巫學、海妖學、火龍學、精靈學、矮人學、巨人學，以及仙女學的專家。他是帶領謝利連摩第一次遊歷夢想國的嚮導。

我試圖爭取時間：「呃，我要收拾一下**行李**……我可沒想到要這麼快出發，居然要在午夜出門，其實我……」

賴嘰嘰不耐煩地嚷嚷：「廢話少說，騎士，夢想國**出大—大—事**啦，不然我怎麼會大老遠跑來找你，你說是不是？總之，我們的皇后**失蹤**了！！！」

我驚叫起來：「失蹤了？芙勒迪娜失蹤了？太可怕了！

我這就來！」

我快速換好衣服，登上了停靠在我窗外的銀色馬車。馬車啟動了，以瘋狂的速度在天空的星辰間疾馳。

啊，我暈車的症狀出現了啦！

向前衝啊！
乘着風的翅膀，

經直向夢想國飛翔！

賴嘰嘰歡迎我說：「騎士，歡迎登上**銀色馬車**，在下正是這輛馬車的駕駛員！」

還沒等我開口，賴嘰嘰就高聲吆喝起來：

「現在……出發啦！
如閃電一般迅速，
乘着風的翅膀，
徑直向夢想國飛翔！」

獨角獸們聽了他的吆喝聲，立刻幹勁十足向前飛奔起來。那衝勁如此大，以致車裏的我甚至來不及哼聲「**咕吱吱**」，就整個鼠被拋了起來！

夢想國

千條透明水流之堡

在馬車上，賴嘰嘰向我介紹另一位身穿藍色制服的乘客：「騎士，請允許我向你介紹膿小包，我們的空中服務員——她是**變色龍膿包**的表妹。」

空中服務員
膿小包

啊，原來如此……我在*第一次及第二次漫遊夢想國*時，結交了**變色龍膿包**這位老友！

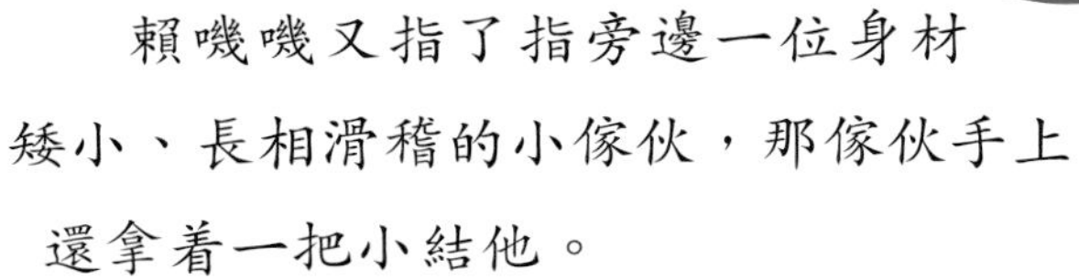

賴嘰嘰又指了指旁邊一位身材矮小、長相滑稽的小傢伙，那傢伙手上還拿着一把小結他。

「他是**遊吟蝠**，負責在飛行的旅途中奏樂助興。」

遊吟蝠

空中服務員告訴我：「騎士，請你儘快繫上**安全帶！**牢牢坐在自己的位置上，做個乖乘客！」

我緊張得鬍鬚直**抖**，尖叫道：「我已經被嚇得一動也不敢動啦！哆哆哆，太可怕了！」

此刻，銀色馬車以驚人的速度向前飛快**行進**，一會兒向左偏，一會兒向右擺；一會向上跳，一會兒向下竄。

我**頭暈**得要命……

賴嘰嘰在風中大聲呼喊：**「芙勒迪娜的忠誠衞士們，請你們再加速速速速！」**

獨角獸們聽到他的吆喝聲後士氣大振，更加賣力地向前衝去。

當馬車左搖右擺地飛馳時，坐在我左邊的膿小包小姐一直熱情地與我攀談，並不斷為我添加各類食物和飲料，於是我**嘔吐**得更厲害了！

「啊哈，我們的賴嘰嘰駕駛得不錯啊，真厲

害！依我看，我們不會**翻車**吧，應該不會……會嗎？你說呢……」

隨後，遊吟蝠開始彈奏起結他，以破鑼般五音不全的嗓子高唱起來。

「使勁飛啊，迅速速速速，
飛到哪裏去不清楚楚楚！
再這樣可能會翻車車車，
真要翻了也沒法子啊啊啊！
啊哩，啊啦，嚕嚕嚕，
咕嚕咕嚕咕嚕嚕嚕嚕！」

我嘟囔着說：「求求你，別再唱了，你沒看到我們真有可能**翻車**嗎？」

他哈哈大笑：「我才不擔心，反正我長有翅膀，大不了可以飛走嘛！」

膿小包看到我臉色大變，趕忙指給我看她制服背後連着的一個**小傘包**，對我說：「別擔心，騎士，我們準備得十分充足。你看，為了方便逃生，我特意在衣服背後縫上了一個降落傘，走到哪兒就背到哪兒……」

就在她安慰我時，馬車彷彿要爆炸般猛烈震動起來，並開始一上一下地跳動。賴嘰嘰大叫一聲：

「強氣流流流！
速速繫好安全帶帶帶！」

在我們經歷漫長的飛行後，地平線上現出一縷微光，隨後一輪紅日緩緩升起……

賴嘰嘰宣布：「本駕駛員賴嘰嘰通知各位乘客：我們正逐漸接近水晶宮，並將於二十分鐘內降落。全體組員，準備着陸！」

空中服務員朧小包氣喘吁吁地朝我呼喊：「騎士，**你繫上安全帶了嗎？究竟有沒有繫上？啊啊啊啊？**請你牢牢坐在座位上，準備着陸陸陸陸！快點兒啊，騎士士士！」

我癱軟在座椅上，大聲乞求：「拜託了，快着陸吧，我再也吃不消啦！」

就在此時，賴嘰嘰高聲嚷嚷：「我們靠近水晶宮啦。**現在着陸陸陸！**」

賴嘰嘰指揮着馬車猛地急轉彎，震得我的心都跳到嗓子眼了。車子徑直向下**衝**去，又在空中翻了個筋斗，嚇得我緊緊

抓住座位。隨後，馬車極速調整方向，我的胃瞬間衝到了耳朵邊。馬車總算在地面着陸了。賴嘰嘰歡呼起來：「萬歲！

我們終於成功了，
總算沒翻車！」

朧小包拍拍他的肩膀，說：「祝賀你成功着陸！真看不出你昨天才學會駕駛！」

我有氣無力地嘟囔着說：「什麼什麼什麼？我沒聽錯吧？你昨天才學會了駕駛？」

賴嘰嘰滿意地撇撇嘴：「我的技術很好，不是嗎？」

我尖叫起來：「你這個大騙子，瘋狂駕駛員，你應該早點告訴我你昨天才剛學會駕駛！和你一起飛行，害我差點兒丟了性命……」

我的話還沒說完，賴嘰嘰就蹦蹦跳走了，並大聲宣布：「夢想國的民眾，正直無畏的騎士又回來啦！」

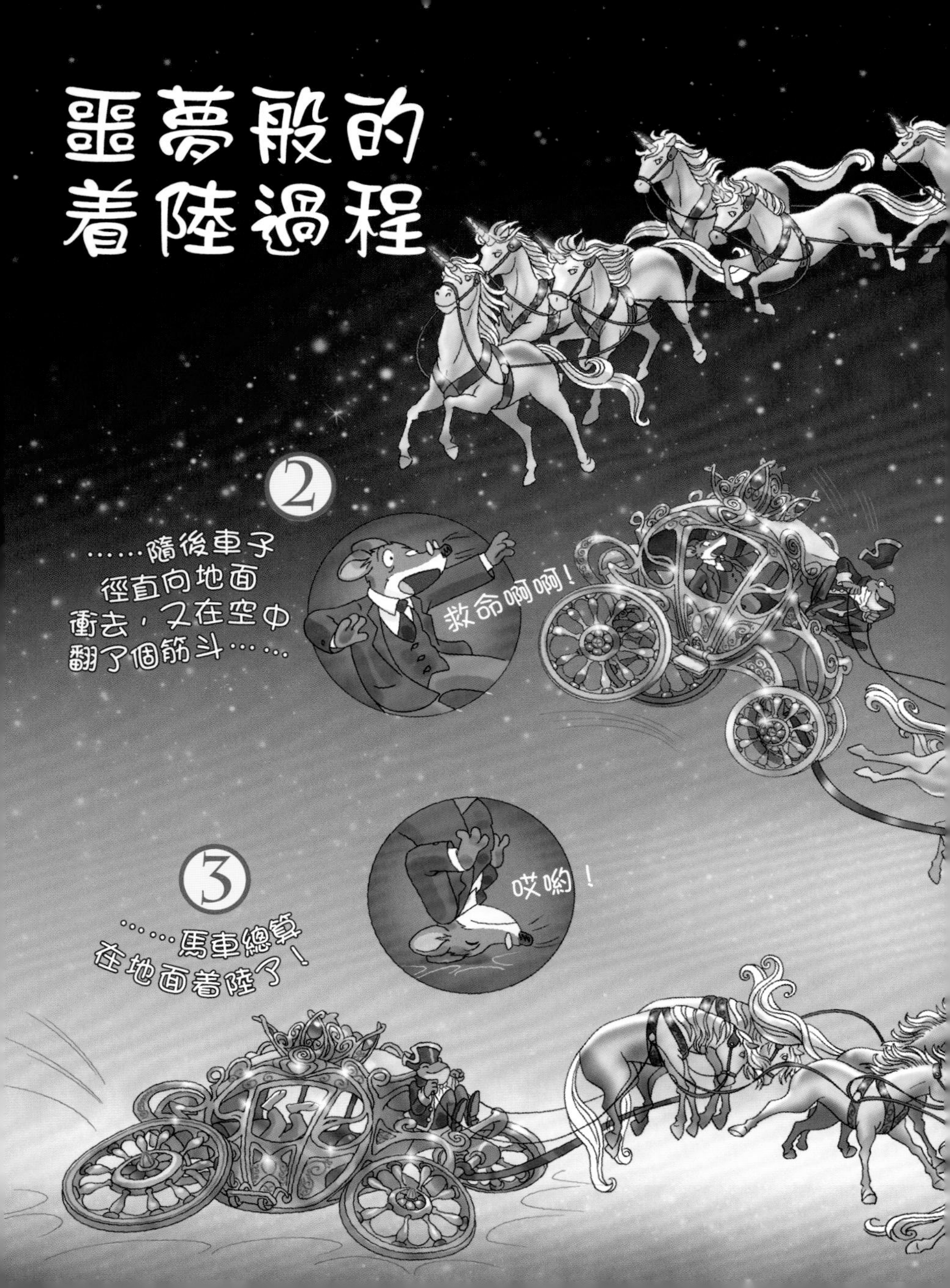
噩夢般的
着陸過程
2
……隨後車子
徑直向地面
衝去，又在空中
翻了個筋斗……
救命啊啊！
3
……馬車總算
在地面着陸了！
哎喲！

1
獨角獸們猛地
急轉彎……

皇后殿下「噗」地伙伙了……

我們的銀色馬車頃刻間被一羣夢想國羣眾包圍住了，他們高聲呼喊着：「騎士！正直無畏的騎士來了！他來拯救我們的皇后，還有夢想國！」

馬車的車門打開了，有一個很熟悉的面孔探進來……

接着，一把聲音**高叫**道：「你這小子，你來一次可真費伙伙……我們都在等你伙伙！來啊，快從馬車上伙伙！」（*騎士，你來一次可真費時間……***我們都在等你呢！***來啊，快從馬車上跳下來！*）

我立刻認出來者是誰：只有他的語言如此奇特！他就是我的好朋友**寄居蟹！**

我在第七次漫遊夢想國時，結識了這位朋友！

我緊緊握住寄居蟹伸出的大鉗，覺得心情好多了：「你好，我的好朋友寄居蟹，我很想念你啊！快告訴我，夢想國一切還好嗎？」

寄居蟹搖搖小腦袋。

「啊，你這小子，我是說騎士，發生了一件怪事伙伙，簡直是**可怕**的伙伙，皇后殿下『噗』地伙伙了……」

我擔憂地問：「什麼麼麼？皇后怎麼啦啦啦？『噗』地一聲意味着什麼？」

他重複道：「就像我和你說的：她『**噗**』地伙伙了……」

我鬍鬚**亂顫**，絕望地嚷嚷：「**我可聽不明白白白！『噗』是什麼意思？**」

萬幸的是，迎面走來一位我相識已久的好朋友——**藍龍**。

藍龍望着我的眼睛，解釋說：「小老鼠，我是說騎士，寄居蟹剛剛說的是……皇后芙勒迪娜『噗』地（意思是十分突然）消失了！我們大家都絕望了，總之一切真是糟透了！」

藍龍

我在第六次漫遊夢想國時，認識了藍龍……

隨後，他補充說：「最嚴重的是，和她同時**失蹤**的還有一件魔法寶物，也是夢想國最危險之物——**千條魔法之書！**

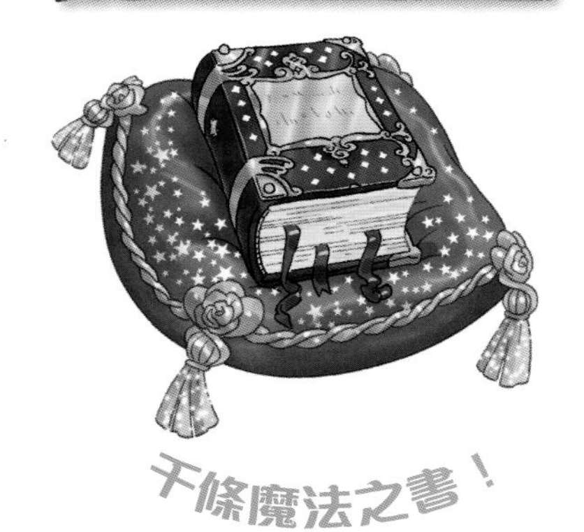

現在，形勢十分嚴峻：這本書一旦落入壞人手裏，將變成**可怕的武器！**」

我驚訝極了，因為我從未聽聞過這本書。

藍龍壓低聲音說：「這本書記載了全部，的的確確是全部，夢想國的**魔法秘訣**。因此，所有的魔法師和武士都渴望得到它。騎士，你有聽說過*夢想國的故事*嗎？」

我搖搖頭：「呃，不了解，不過我倒很想聽聽……」

寄居蟹主動向我***解釋***道：「你這小子，我來為你伙伙，你一定會很伙伙的！總之，許多許多年以前……（*騎士，我來為你解釋，你一定會很喜歡的！總之，許多許多年以前……*）」

幸好，藍龍立時過來解圍，說：「呃……也許由我來解說會比較好……許多許多年以前，仙人族的祖先使用三件法力強大的寶物來建造水晶宮，作為夢想國的中心，包括：

1） 千條魔法之書

2） 水晶球

3） 低語魔法杖

這座宮殿的建造工程，歷時三十三萬年之久。期間，水晶矮人協助仙人族的祖先，將珍貴水晶源源不斷地運往水晶宮。

建造水晶宮
4
5
3
2
1

1. 千條魔法之書
2. 低語魔法杖
3. 水晶球
4. 水晶矮人
5. 天然純淨的水晶，享譽夢想國

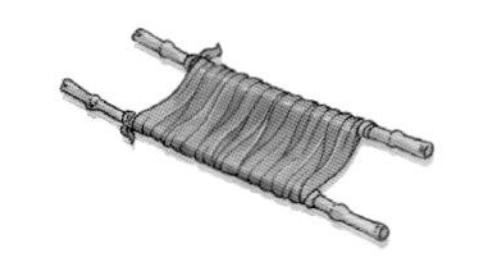

形勢萬分伙伙！！！

藍龍説完後，歎了口氣：「小老鼠，你現在明白為何形勢如此**嚴峻**吧？這三件寶物是用來建造水晶宮的無價之寶。它們一旦落入邪惡之手，就可以摧毀水晶宮！」

此時，門突然開了，一位**精靈信使**闖進來。只見他帽子歪歪斜斜，因為跑得上氣不接下氣，而吐着舌頭，呼吸**急促**地說：「我必須……告訴……你們……一個……消息……」

説罷，他就體力不支，暈倒在地上。

寄居蟹將**一桶骯髒發臭的水**潑在他臉上：「嘿，你這個伙伙小子，立刻伙伙，我們要知道你剛才在伙伙什麼！」（*嘿，你這個信使小子，立刻醒醒，我們要知道你剛才在説什麼！*）

精靈信使蘇醒過來，向大家報告：「我來自紅寶石龍國……那個……什麼……被偷了……」接着，他再次昏了過去。

寄居蟹用大鉗夾住他的鼻子，「你這小子！伙伙，快點兒伙伙，我們要知道是什麼伙伙！」（*笨蛋！快點兒醒過來，我們要知道是什麼消息！*）

精靈信使被他用大鉗一夾，總算醒了過來，他解釋道：「……被偷去的是……水晶球！」

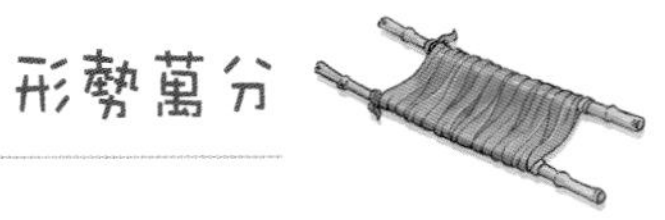

第二件魔法寶物

水晶球

隨後，他又再一次昏了過去，這次寄居蟹沒有再折騰他了，因為他自己正忙着驚叫説：「現在伙伙不是伙伙，而是非常伙伙！」（*現在形勢不是嚴峻，而是非常嚴峻！*）

而藍龍的臉色頓時變得十分蒼白：「唉，**水晶球**是夢想國第二件魔法寶物。透過這個水晶球，我們可以**看見**王國內發生的一切，而不會引人注意……」

此時，一隻鸛鳥從窗外飛進來。他撲騰着跌落在地板上：「在下鳥仙仙——玫瑰鸛鳥的皇后，有重要消息要稟報各位：有一件寶物被**偷去**了……就是無價之寶——低語魔法杖！」

聽到此話，寄居蟹**大叫**一聲：「伙伙！現在伙伙萬分伙伙！」（*救命！現在形勢萬分嚴峻！*）

說罷，他就昏了過去！

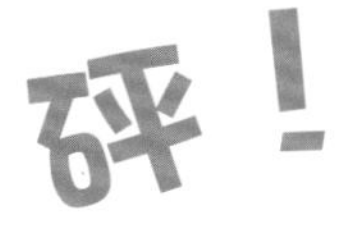

兩位寄居蟹護士立刻趕來，將我的好朋友抬上用海藻搭成的**擔架**，安慰他說：「別伙伙，你這小子！交給我們伙伙！」（*別擔心，你這小子！交給我們好了！*）

接着，她們在寄居蟹的額頭上貼上**海藻**冰袋，又為他注射了一針**浮游生物**營養液。

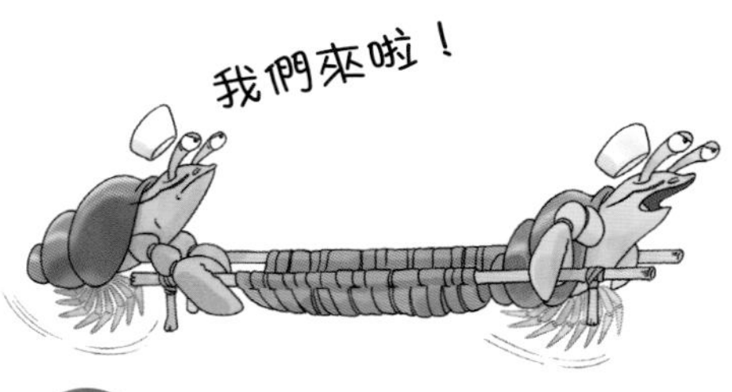

① 寄居蟹護士抬着擔架來了……

② 她們在寄居蟹的額頭上貼上海藻冰袋……

③ 又為他注射了一針浮游生物營養液！

寄居蟹睜開雙眼，嘴裏嘀咕着：「伙伙……我的命伙伙，遲早有一天我的伙伙會發作，伙伙呼！」(*天哪…我的命真苦！遲早有一天我的病會發作，我知道！*)

藍龍憂心忡忡地對我解釋道：「**低語魔法杖**是夢想國第三件具有魔力的珍寶。誰得到它，就能實現所有魔法，不論是**正義**的，還是**邪惡**的！」

低語魔法杖

然後，藍龍壓低嗓子，補充道：「朋友，我要告訴你一個非常重要的**秘密**，**秘密**中的**秘密**……」

我將手爪放在胸口：「以我小老鼠的名義發誓，我會對任何夢想國的秘密守口如瓶！」

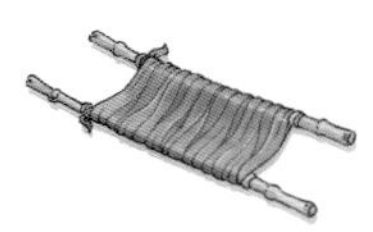

藍龍告訴我：「如果誰同時擁有了千條魔法之書、水晶球和低語魔法杖，那麼他就可以一起利用這三件寶物，讓水晶宮『**噗**』地**消失！**」

寄居蟹尖叫道：「你這小子，我們這下伙伙啦！我們會『**噗**』地全部都伙伙！」*（騎士，我們這下倒霉啦！我們會「噗」地全部都消失！）*

噗！

秘密中的秘密……

夢想國有三件具有強大魔力的寶物，分別是：千條魔法之書、水晶球和低語魔法杖。

千條魔法之書

國　家：仙女國
守護者：仙女國皇后芙勒迪娜
能　量：它收錄了夢想國所有魔法秘訣！
危　險：它可能變成強大的武器！

水晶球

國　家：紅寶石龍國
守護者：天火國王
能　量：透過它可以看到王國內發生的一切，而不會引人注意……
危　險：它的法力非常強大！

國　家：嘶嘶蛇國

守護者：嘶嘶蛇族國王

能　量：誰得到它，就能實現所有魔法！

危　險：它的破壞力很強大！

如果誰同時運用這三件寶物……他就可以讓水晶宮消失！

＋

＋

＝ 噗！

究竟是誰偷走了它們？他是如何做到的？？

他為何要這樣做呢？？？

芙勒迪娜的密室

藍龍吩咐我說：「跟我來，小老鼠。我帶你去芙勒迪娜的密室！」

我激動萬分地進入自己從未踏入過的水晶宮神秘區域……

我們首先經過芙勒迪娜的起居室，只見床頭的帷幔是由仙女以純亞麻的纖維編織而成的，散發出陣陣玫瑰香氣！在芙勒迪娜的衣櫃裏，掛起了很多仙女的服飾，一件比一件精緻……

隨着水晶樓梯往下走，我看見她平日梳妝的地方。在浴室裏，那個水晶浴缸四周擺滿了成千上萬個香氣四溢的蒸餾水瓶……

無論我走到哪兒，空氣中都瀰漫着陣陣甜蜜的玫瑰香……

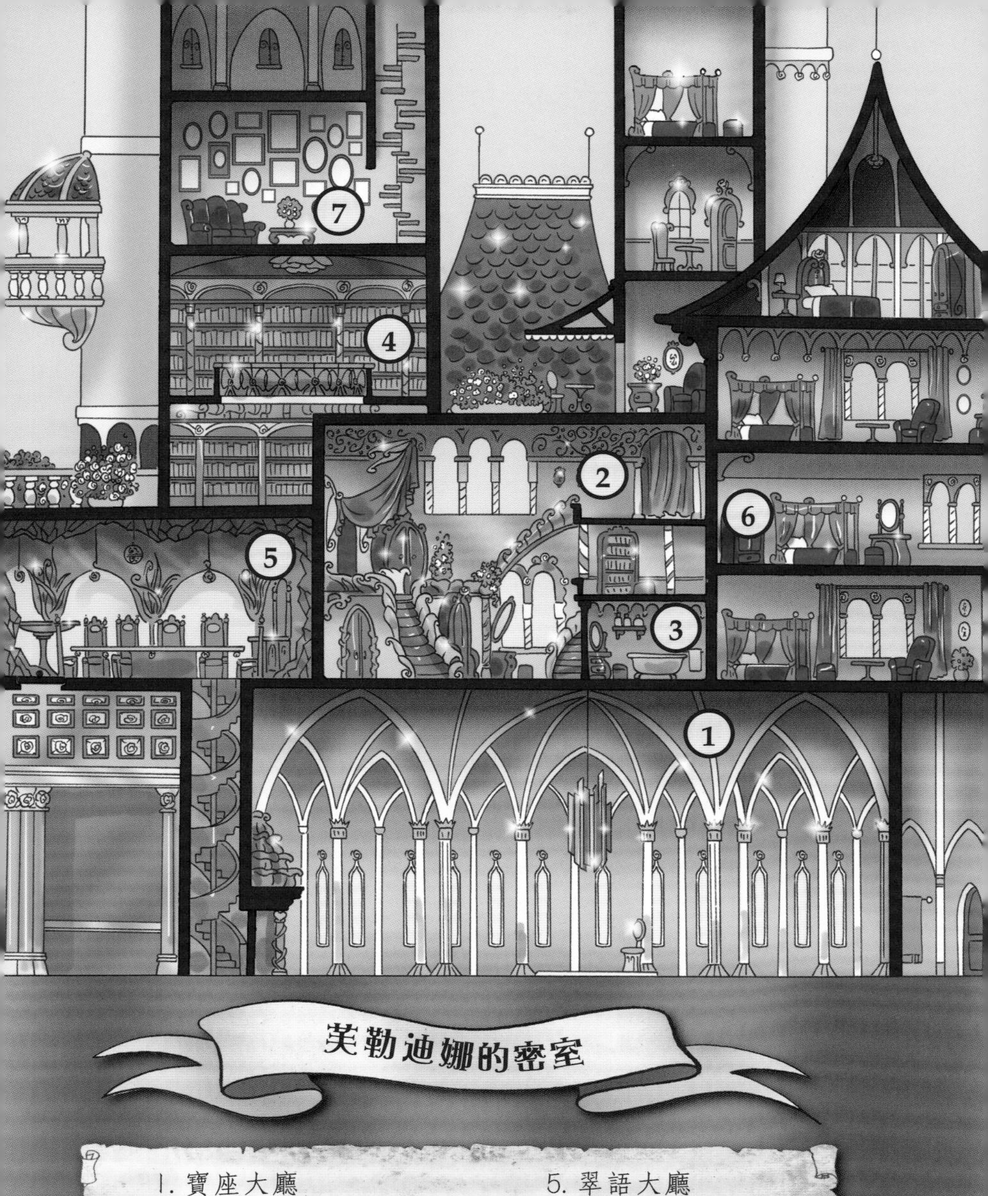
芙勒迪娜的密室
1. 寶座大廳
2. 芙勒迪娜的起居室
3. 仙女浴室
4. 仙女理事會廳
5. 翠語大廳
6. 芙勒迪娜的臥室
7. 鏡子大廳

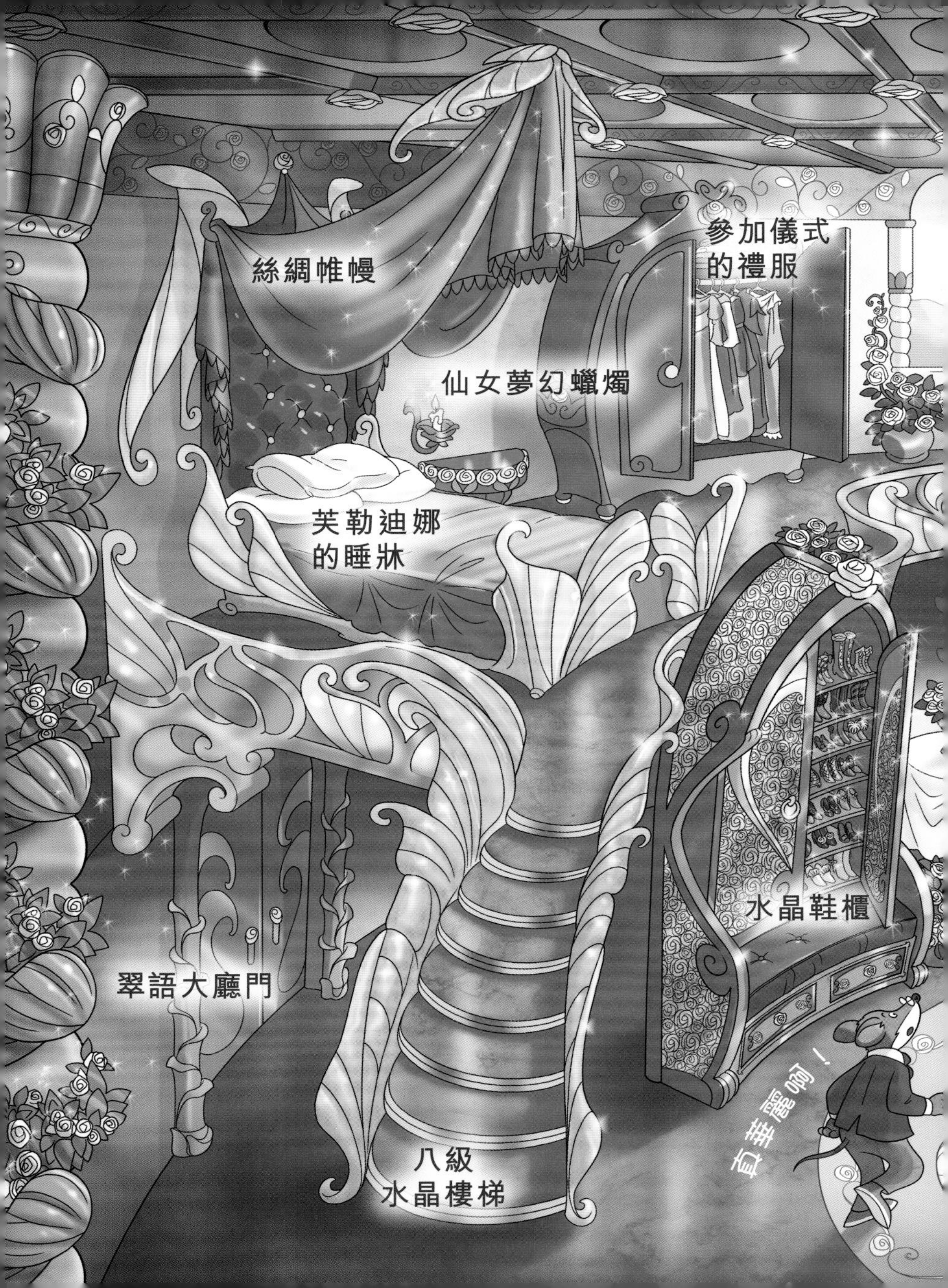
絲綢帷幔
參加儀式
的禮服
仙女夢幻蠟燭
芙勒迪娜
的睡牀
水晶鞋櫃
翠語大廳門
八級
水晶樓梯
真華麗啊！

揉一揉，聞一聞，
這就是仙女的香氣！
仙女的鏡子
芙勒迪娜
的浴室

在樓梯旁邊的鞋櫃裏，放滿了她的鞋子，全部由晶瑩璀璨的水晶製成。

還有，她的珠寶盒上有一隻小龍盤踞着。我一靠近，他就朝我呲出鋒利的牙齒，盡忠守護着這些盒子內的珠寶。

眼前的這些景物勾起我無盡的傷感，它們的主人——皇后殿下居然失蹤了！

我鼓起勇氣，暗下決心：我一定要竭盡全力，儘快找到芙勒迪娜的下落。

藍龍為我打開一扇通往芙勒迪娜密室的小門，密室裏藏有仙女們的隱秘書稿。在房間正中央，擺放着一個銀色的樂譜架。

藍龍指了指那個架子，悲傷地歎了口氣：「這就是千條魔法之書的樂譜架，我是說，在它『噗』地消失之前。我們可愛的皇后，也和這本書一起失蹤了……」

我靠近樂譜架仔細觀察，看到地上躺着一枚金色帶扣。

千條魔法之書消失了！
這是什麼東西？
古怪的金色
帶扣

你能在圖中找出
芙勒迪娜有哪兩雙鞋子
是一模一樣的嗎？
呃……這裏
沒有鞋子缺少
帶扣呢……
答案參見
第325頁。

這是一枚鞋子上的帶扣！

古怪的
金色帶扣

我拾起它仔細地觀察着。隨後，我仔細地檢查了芙勒迪娜的所有**鞋子**。她的鞋子各式各樣，鞋面上有各種裝飾：蝴蝶結、緞帶、**絲綢**、扣子和各種珍貴**寶石**，但並沒有一隻鞋子上缺少**帶扣**。如此說來，這枚帶扣一定是屬於闖入的小偷的！

我找到了
關鍵的
第一條線索……

翠語大廳

我正在思考第一條線索，藍龍**神秘**地湊過來說：「小老鼠，我是說騎士，現在我領你進入**夢想國**最秘密的區域——翠語大廳！」

寄居蟹從一個裝滿海藻的桶裏探出頭來，尖聲說：「那可是夢想國自伙伙以來代代相傳的伙伙之地……」(*那可是夢想國自遠古以來代代相傳的秘密之地……*)

藍龍把寄居蟹按下那個裝滿**海藻**的桶裏，勸他安靜些：「寄居蟹，不好意思，但是你太囉嗦了！」

寄居蟹高聲抗議：「你這小子，休要如此伙伙！就憑你個子比我伙伙嗎？要是你再伙伙，我就要用大鉗伙伙你！」 (*藍龍，休要如此無*

禮！就憑你個子比我大嗎？要是你放肆，我就要用大鉗夾扁你！）

藍龍不以為意，轉頭對我說：「小老鼠，跟我來，我們必須**迅速**行動！」

於是，我們走進儀式大廳。藍龍在大廳西側牆壁上鑲着的一個**水晶小壁爐**前停了下來。壁爐上面雕着一面**匾額**，上面刻有一行用夢想語*書寫的謎題。

**你能讀懂上面寫了什麼嗎？請參照第324頁的夢想語詞典！*

哇啊！

藍龍四處張望，確定無人尾隨後，就伸出手按了按那行文字下方的**綠石頭**……

壁爐的下方突然有一道門打開了，出現了一條

秘密通道！

藍龍示意我隨他同去，然後進入通道。

我們沿着旋轉樓梯向上爬，頂開地板門鑽出來，我發現自己置身於一個奇怪的房間……

藍龍低聲告訴我：「你現在進入的地方，就是夢想國最神秘之地……

十三聖賢委員會

我們置身於一個寬敞的大廳。整個大廳由一整塊巨大的翡翠從內部雕刻而成。

那大廳**寬敞、碧綠、閃閃發亮**……難怪它被稱為翠語大廳！

在大廳正中央，擺放着一張**大翡翠圓桌**，並配有**十三把高背翡翠椅**。其中十把椅子上已有主人，只有三把椅子是空的：其中一把椅子上雕着玫瑰花……那正是芙勒迪娜的座位！

另外一把椅子上刻有**藍龍**的名字！

而最後一把……則刻有**我**的名字！

藍龍為我戴上一頂用**銀色**葉子製成的皇冠，然後示意我穿上**銀色**長袍和**銀色**涼鞋……

十三聖賢委員會

根據傳說記載，夢想國有**十三位聖賢**為芙勒迪娜出謀劃策。他們的名字一直保密……而沒有任何人可以影響他們的決定。

他們在水晶宮內一處名為「**翠語大廳**」的神秘之地舉行聚會，但這個大廳的具體位置不為人知！大家只知道這座大廳是由一整塊翡翠雕成的，因此整個大廳看上去一片翠綠、光輝奪目。

綠色象徵着純淨的愛，而這正是十三位聖賢聚會的目的：他們**深愛**着夢想國！

十三位聖賢承諾共同維護夢想國的自由。因此，他們每一位都擁有一枚**翡翠戒指**，而在**圓桌旁的椅背**上均刻上了他們的名字。

每次開會時，他們都會各自戴上**銀色葉子皇冠**，穿上銀色**長袍**、銀色**涼鞋**，並手握**權杖**，以提醒自己保持白銀般純淨的初心來協助芙勒迪娜治理國家。

銀色葉子皇冠

水仙女
羅薇
魔術師拉庫斯
大巨人勇敢的心
好運妹
寄居蟹

歡迎你，
騎士！
這是我的座位嗎？
雪狼
正直無畏的騎士
芙勒迪娜
藍龍
噌噌王朝的
味噌國王
費莉亞
陸生國
土三世

隨後，他遞給我一把**銀色權杖**，說：「這是**十三位聖賢權力**的象徵！」

我激動地坐了下來。

賴嘰嘰站在圓桌旁的演講台上，**呱呱**大叫：「騎士士士！你總算來了！我們一直在等你，總算可以開始了！我以一千隻雨蛙的名義發誓，我們一直在等你啊！」

接着，他以莊嚴的語調**介紹**在座的各位聖賢和他們的頭銜。然而，我早已認識在座的每一張臉孔，因為他們都是我在歷次旅行中結交的舊相識……賴嘰嘰介紹完畢，便開始點**人數**：

「十一、十二，嗯，我們都到齊啦……除了芙勒迪娜皇后！

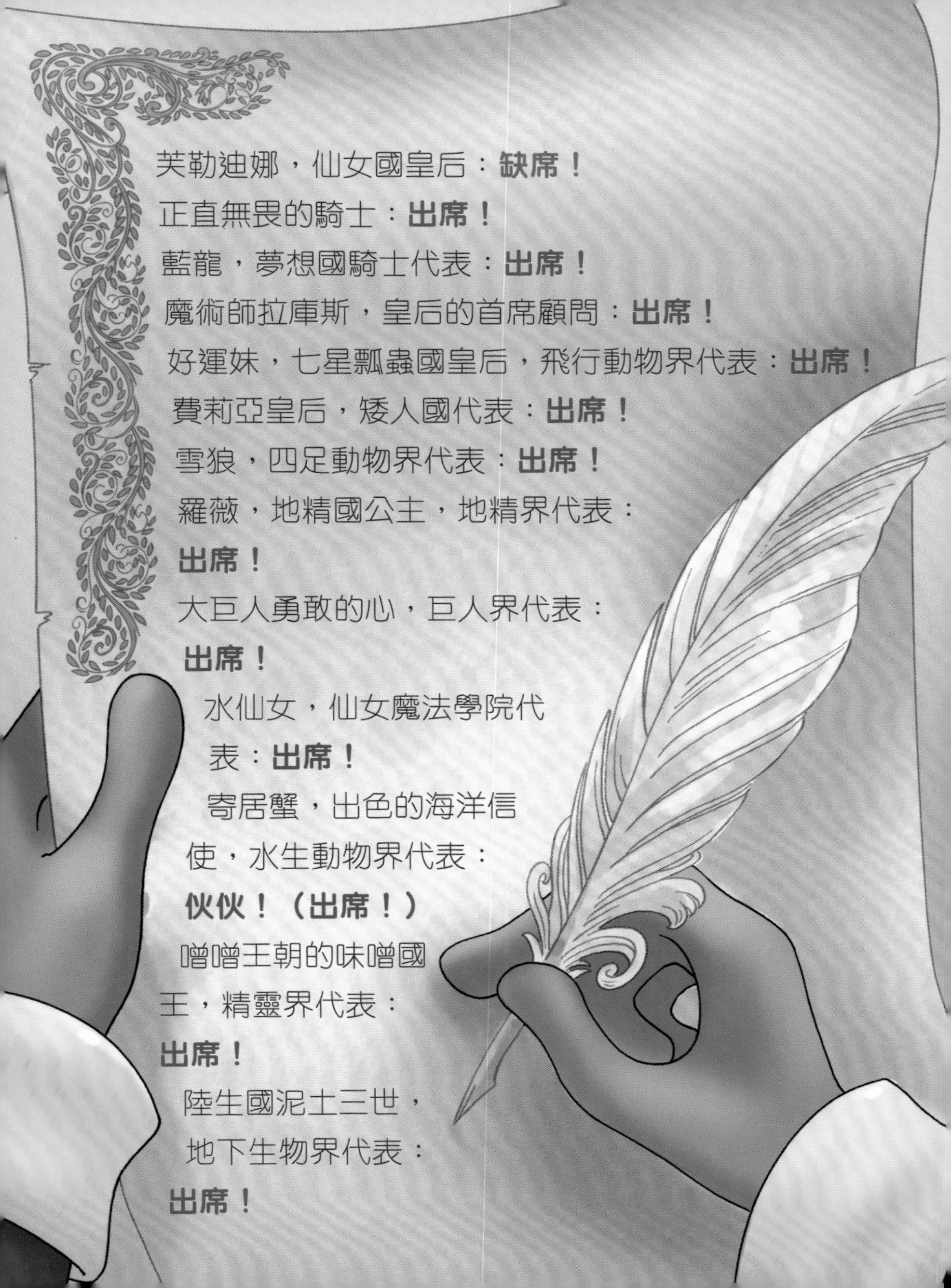
芙勒迪娜，仙女國皇后：**缺席！**
正直無畏的騎士：**出席！**
藍龍，夢想國騎士代表：**出席！**
魔術師拉庫斯，皇后的首席顧問：**出席！**
好運妹，七星瓢蟲國皇后，飛行動物界代表：**出席！**
費莉亞皇后，矮人國代表：**出席！**
雪狼，四足動物界代表：**出席！**
羅薇，地精國公主，地精界代表：
出席！
大巨人勇敢的心，巨人界代表：
出席！
水仙女，仙女魔法學院代
表：**出席！**
寄居蟹，出色的海洋信
使，水生動物界代表：
伙伙！（出席！）
噌噌王朝的味噌國
王，精靈界代表：
出席！
陸生國泥土三世，
地下生物界代表：
出席！

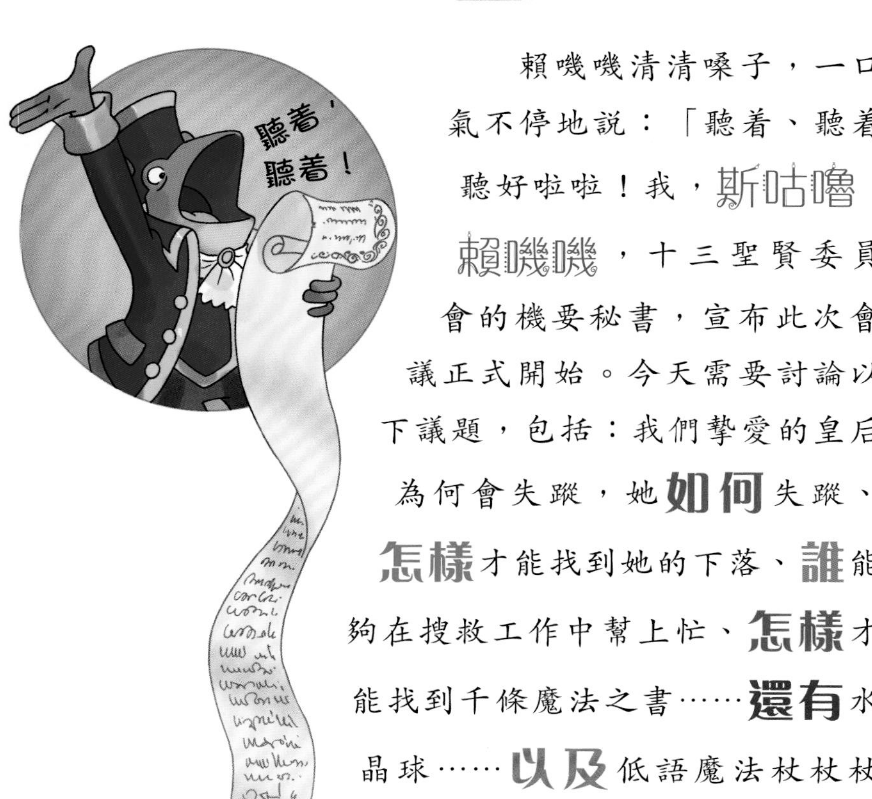

賴嘰嘰清清嗓子，一口氣不停地說：「聽着、聽着聽好啦啦！我，斯咕嚕·賴嘰嘰，十三聖賢委員會的機要秘書，宣布此次會議正式開始。今天需要討論以下議題，包括：我們摯愛的皇后為何會失蹤，她**如何**失蹤、**怎樣**才能找到她的下落、**誰**能夠在搜救工作中幫上忙、**怎樣**才能找到千條魔法之書……**還有**水晶球……**以及**低語魔法杖杖杖杖！」

只見賴嘰嘰拿着長長的紙卷宣讀着，口若懸河。幸好，藍龍及時捂住了他的嘴巴。

藍龍接替賴嘰嘰，向各位介紹

我：「各位尊敬的賢者，相信你們都認識正直無畏的騎士！」

很快，各位與會者就開始提出他們的方案，在我看來真是一個比一個危險。

「騎士，你可以先逮住一條有毒的海蛇，然後騎着他到海底尋找芙勒迪娜……」

「騎士，你可以馴服一條狂野的巨龍，然後乘着他在天空巡查夢想國……」

「騎士，你可以從女巫林開始查起，夢想國最**殘暴**的生物就生活在那兒……」

此時，輪到矮人國皇后費莉亞起身發言。

大家安靜下來，仔細聆聽她一貫智慧的想法。

費莉亞鄭重宣布：「各位的想法都不錯，但有一件事至關重要……騎士，你要設法找到……

「隱形斗篷能幫助你躲過敵人的視線，協助你完成任務！」

我提問：「可我在哪兒能找到這樣的斗篷？」

「在**隱形蜘蛛國**。」

「我該如何找到斗篷？」

「你去找它便是。」

「可如果它是隱形的，我怎樣才能找到它呢？」

費莉亞皇后張開雙臂，說：*「騎士，那要靠你了！難道什麼都要我來告訴你嗎？」*

這時，賴嘰嘰用鵝毛筆**捅捅**我，大聲問道：「騎士，你已經想好了該如何拯救夢想國，對嗎？」

其他委員也附和說：「騎士，你肯定早已想出秘密行動計劃了，對嗎？我們都指望你了，你是我們唯一的希望，我們唯一的援手，我們唯一的英雄……***沒有你，我們就完了！***」

雖然，我的腦袋裏空空如也，可我意識到此刻自己必須說些什麼，說什麼都行。於是，我**咳嗽**一聲然後宣布：「呃，親愛的朋友們，要說計劃嗎……我的確有，我是說，應該有，可能有，就算現在沒有，以後也會有（*希望吧！*）。不過，正如大家所說，呃，這是個**秘密**，所以我會保守這個**秘密……**」

大家讚許地點點頭，說：「***啊，騎士，你總是這麼智慧過人！***」

賴嘰嘰總結發言：「很好，既然騎士早已成竹在胸（*希望吧！*），宣稱自己已有行動計劃（*但願*

吧！），並強調該計劃**保密**（*是他說的！*），現在我宣布十三聖賢委員會議散會（*現在就走！*），請各位委員前往宴會大廳（*早餐時間到了！*），一起**用餐**（*我都餓得眼冒金星了！*）祝大家胃口好！」

然後，委員們站起來，一起通過秘密通道，朝**宴會廳**走去。

海藻餅乾……和蛤蜊醬！

宴會廳裏擺放着一張長長的桌子，桌上鋪着雪白的**枱布**，上面繡着精美的**玫瑰花**和仙女的刺繡圖案。

在餐桌上，擺滿了一道道豐盛美味的早餐供大家享用。

我看到雲朵一樣柔軟的**牛角包**、各式美味的餅乾和餡餅，以及一片片塗上了牛油和果醬的**麵包**！而且，還有很多飲料，包括美味的**橙汁**、新鮮的牛奶，以及香氣四溢的**熱茶**。當我正想拿一塊餅乾吃時，寄居蟹走過來**擰擰**我，說道：「伙

伙，你即將長途伙伙，需要吃些清淡的伙伙！」

（*騎士，你即將長途旅行，需要吃些清淡的食物！*）

他逼我喝下了一杯鹹海水味的飲料，又命令我吃下一塊塗了**蛤蜊醬**的**海藻餅乾！**

寄居蟹國的美食

寄居蟹族的廚房中最不可缺少的美食就是海藻。他們用海藻做出各類食品，比如：深海海藻湯、海藻小雲吞、綠蒼蠅海藻果凍，以及混合了海水的海藻甜品。

寄居蟹堅持道：「我媽媽親自揮舞伙伙，為你做出這些伙伙。你要是不吃，我就伙伙啦！」（*我媽媽親自揮舞大鉗，為你做出這些美食。你要是不吃，我就生氣啦！*）

哇呀！

正在此時，藍龍呼喚我：「騎士，該出發了！這是你的**鎧甲**，以及一條串着芙勒迪娜紋章掛墜的項鏈。我們已為你準備了一匹馬。我們還準備了一個包裹，裏面裝着你此行必備的用品、地圖以及喬裝用品。」

藍龍直視我的眼睛，補充道：「想救出芙勒迪娜，你必須先查明是誰偷走了三件重要的寶物。你在水晶宮已發現了一條線索：金色帶扣。那**小偷**一定會留下其他痕跡的！」

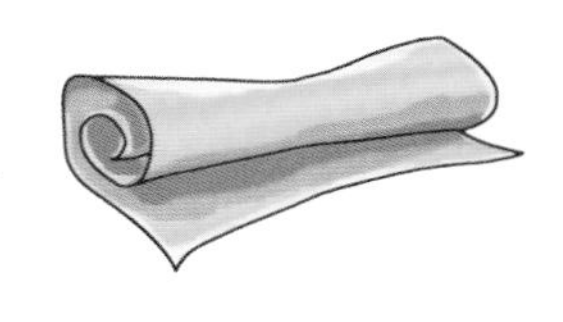

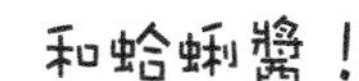

「若要查明下落，你必須前往收藏水晶球之地——**紅寶石龍國**，然後前往收藏低語魔法杖之地——**嘶嘶蛇國**！不過，你要首先前往**隱形蜘蛛國**，並試圖拿到隱形斗篷！寄居蟹會擔任你的**嚮導**……」

寄居蟹遞給我一盤泥漿拌青口，催促我說：「你這小子，吃了這盤伙伙就上路啦！」（*騎士，吃了這盤點心就上路啦！*）

7
6
5
9
4
16
17
15
24
18
19

1. 隱形蜘蛛國
2. 紅寶石龍國
3. 嘶嘶蛇國
4. 千影之國
5. 噩夢國
6. 火龍國
7. 精靈國
8. 矮人國
9. 仙女國
10. 水族王國
11. 彩虹谷
12. 會説話的森林
13. 北方巨人國
14. 樹精國
15. 陸生國
16. 食肉魔部落
17. 女巫國
18. 甜品國
19. 怪物國
20. 南方巨人國
21. 時間國
22. 銀龍國
23. 七峯國
24. 玩具國

騎士，你可別「噗」啊！

匆忙間，大家一起走到水晶宮外面，寄居蟹突然一把鉗住我的尾巴，催促我跨上馬。

寄居蟹和我騎到馬背上，沿着水晶宮旁邊的街道出發。

夢想國的民眾紛紛**揮舞**手帕，淚眼婆娑地為我們送行。

「啊，可憐的騎士！希望他能活着回來……」

「是啊，希望他不會『**噗**』地消失…」

「說不定他會『劈』或『啪』地消失，再不就『吱』或『喳』地消失？」

「誰知道呢，反正我們現在要為他送行，說不定他『**噗**』地一聲就再也回不來啦……」

我問大家：「呃，有沒有誰……願意與我同去？萬一我遇上什麼怪獸，身邊也會有個幫手……」

大家都異口同聲地回答：「啊不，騎士，你獨自去再好不過啦……我們可不想『噗』地消失……或『劈』地消失……或『啪』地消失…再不就『吱』或『喳』地消失！總之，你多保重！你到底是不是夢想國的勇者？你該不會害怕吧，啊？」

儘管我心裏怕得要命，這刻也要裝出不在乎的表情，說：「害怕？我當然不會！呃，大家再見，你們不用擔心，我才不會『噗』地消失……」

我騎馬出城，沿着大道向前走。

我盯着指向各個方向的路牌，心裏直嘀咕：我該去哪兒呢？是去「火龍國」，「精靈國」還是「巨人國」？反正我絕對不會前往「女巫國」……

哆哆哆，想到那裏，我就直哆嗦……

可是，我並未有看到有哪個路牌是指向隱形蜘蛛國的……

寄居蟹不時在我耳邊吼上幾句話，忙不迭地為我**指路**，可我根本聽不懂他在說什麼……

「你這小子，別朝**這兒**伙伙，你應該朝**那兒**伙伙伙，懂嗎？啊，你總是自說自話！總之，你要是伙伙了，可別怪我沒伙伙過你！」(*騎士，別朝這兒走，你應該朝那兒走，懂嗎？啊，你總是自說自話！總之，你要是走錯了路，可別怪我沒告訴過你！*)

我可真倒霉！我必須查閱**寄居蟹科辭典**，才能聽懂寄居蟹的話！

我總算決定了往東走。就在這時，恰恰在此時，我聽到一陣可怕的咕嚕聲……

咕嚕 咕嚕 咕嚕

咕嚕 咕嚕 咕嚕

咕嚕嚕嚕嚕嚕嚕嚕嚕！

咕吱吱，發出聲響的，是我的肚子！

我狼狽地叫道：「我以一千塊莫澤雷勒乳酪的名義發誓，都怪那盤泥漿拌青口！！！寄居蟹，你可把我**害慘**了！」

我從馬背跳下來，一頭鑽進旁邊的**灌木叢**，在裏面待了好一會兒！

我從灌木叢出來後，重新騎上馬，可沒過五分鐘，我的**肚子**又開始翻騰起來，痛得咕嚕直叫啦！

咕吱吱，真是一趟悽慘的旅程啊！

最後，我們總算走出了環繞仙女之城的濃密樹林……

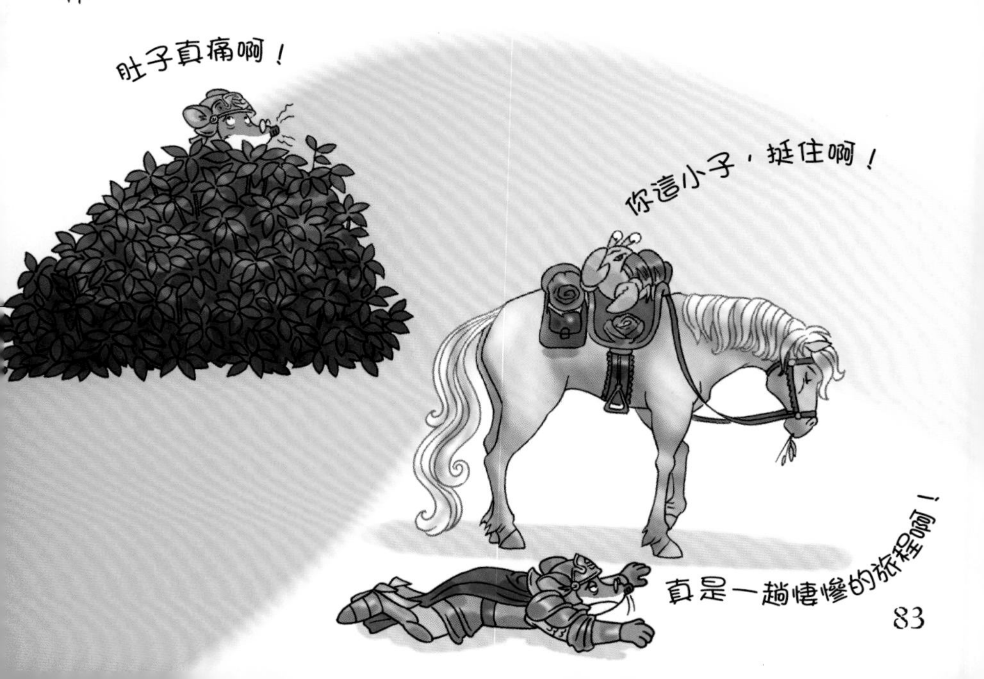

懸賞……長着這張傻瓜臉的小老鼠！

我們走着走着，來到一個小村莊。我發現這裏到處都貼上了一張張告示：在酒吧的外牆上，在穀倉外……甚至在一棵櫟樹上！

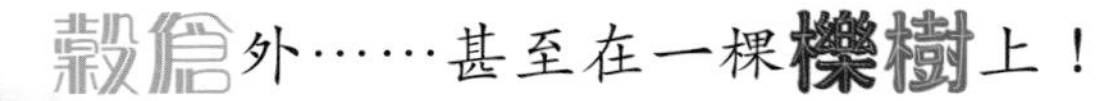

那些告示上面印的圖片，讓我覺得**十分眼熟**……

我靠近其中一張告示細看，不禁嚇得睜大了雙眼：難怪讓我覺得**十分眼熟**……

在所有的告示上，都印着一張我**十分熟悉**的面孔：**我的臉！**

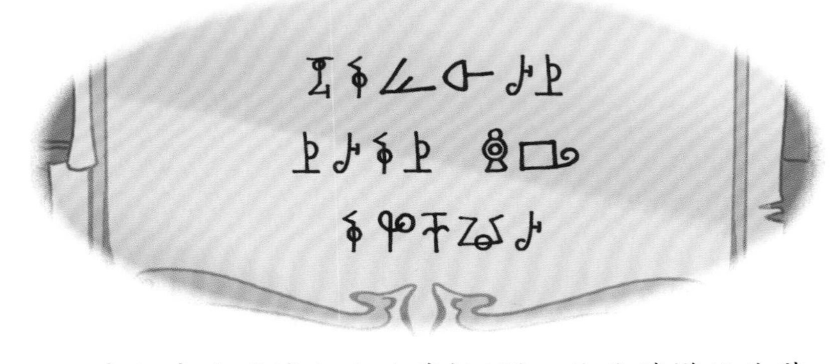

我好奇地閱讀上面的夢想語*。你能讀懂這些夢想國的文字嗎？

咕吱吱，懸賞……這個小老鼠…不管是死是活……**這不正是我嗎？**

有人在懸賞要捉拿我……可究竟是誰呢？？？

寄居蟹**尖叫**起來：「啊啊啊，有伙伙在懸賞捉拿我們，*不管伙伙？*」*（啊啊啊，有人在懸賞捉拿我們，不管是死是活？）*

接着，他馬上昏了過去。我從他身上找到一個小噴壺，裏面盛着一些**海水**。我用它把海水灑在寄居蟹的臉上。很快，他便蘇醒過來，大聲嚷嚷着説：「伙伙！伙伙一直在追蹤我們的伙伙！」

*請參閱第324頁的夢想語詞典！

(騎士！敵人一直在追蹤我們的足跡！)

為了避開敵人的**視線**，我們決定兵分兩路。

寄居蟹返回水晶宮，而我則躲在**灌木叢**後。

我從背包裏拿出藍龍給我的喬裝道具，將自己打扮成一位**老婦**的模樣。

夜幕降臨了，我沿着小徑前進，進入**噩夢般的森林**深處。

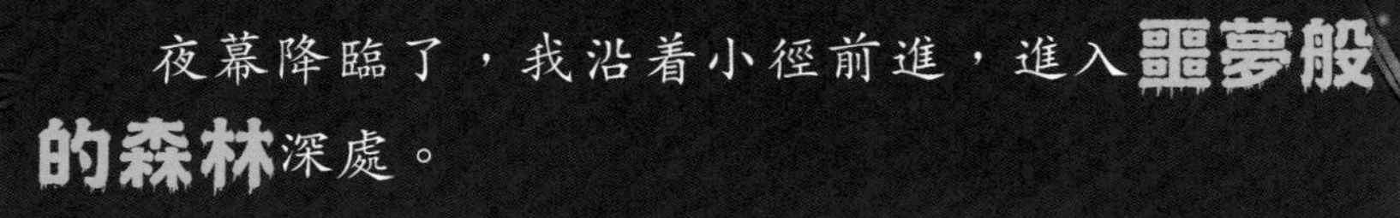

十三隻不懷好意的精靈，手握銀色大剪刀迎面向我走來。

他們問我：「喂，老太太，你有沒有見到一個身穿騎士服裝、長着傻瓜臉的小老鼠？」

我模仿老太太的**聲音**回答：「沒沒沒，精靈小哥們，你們為什麼對他這麼感興趣？」

精靈們發出**邪惡**的大笑：「因為黑鬍子魔法師懸賞**三十枚金幣**要他的尾巴！要是我們遇到他，就用這剪刀切下他的尾巴，拿回去領賞！」

隨後，他們一邊向前走，一邊唱歌：「要是遇到這小老鼠，我們就把他的尾巴**裁**……咔嚓！」

這時，一陣濃烈的臭味飄進我的鼻子裏，我腳下的大地開始顫抖。

啊，大地顫抖得真厲害！！！

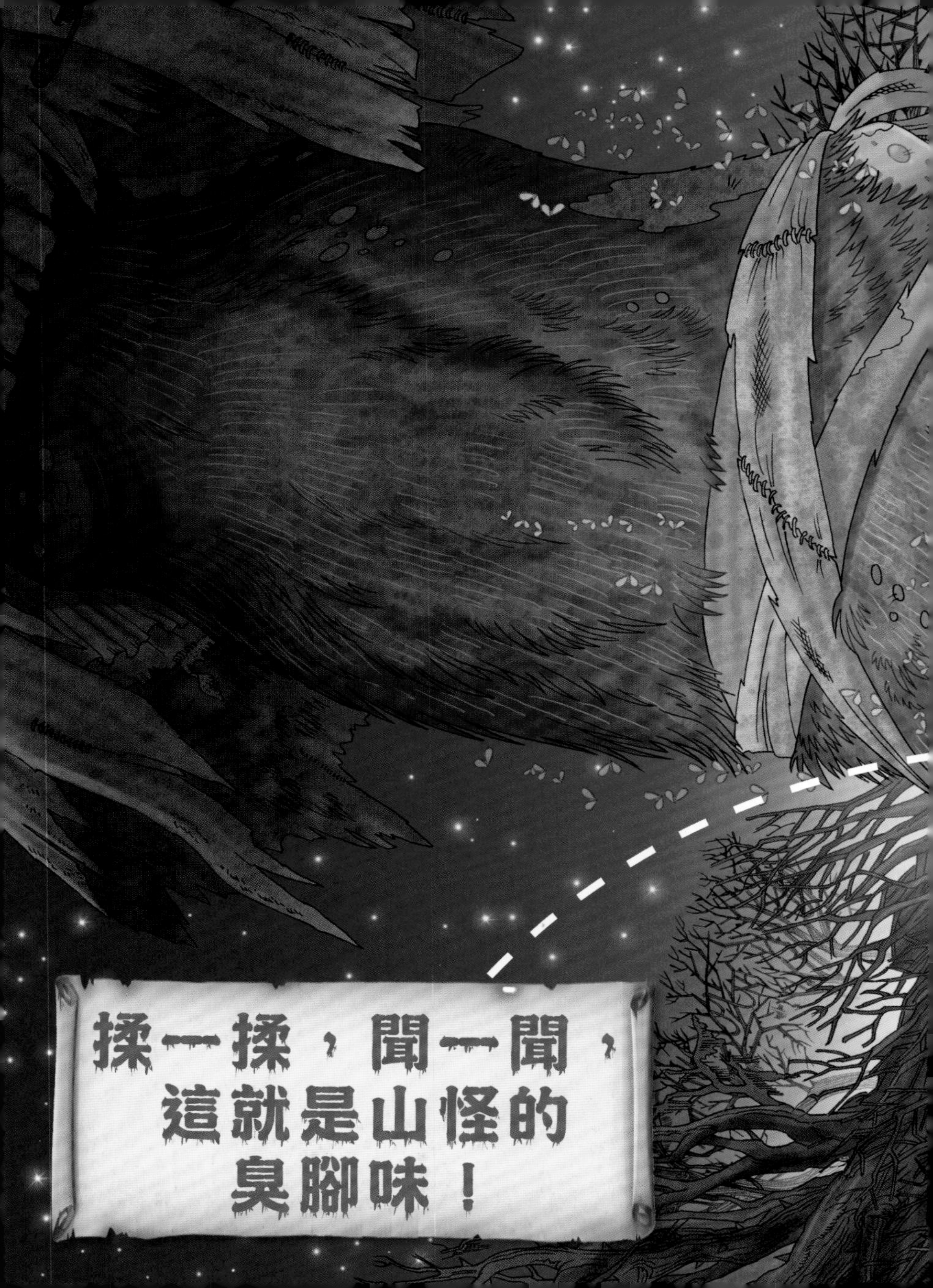
揉一揉，聞一聞，
這就是山怪的
臭腳味！

咕吱吱！

沒過多久，一個**野蠻的山洞巨怪**鑽進樹林。他肩上扛着一枝大棒，向我走過來，發出雷鳴般的吼聲：

「**喂，你見過一位騎士嗎？**」

我模仿老太太的聲音否認：「沒沒沒，怪物先生，我可從沒見過什麼騎士！」

那怪物**嚷嚷**着道：「哼，我再去前面看看！我肯定他就在這附近。」

說罷，那巨怪就邁開大步離我而去，腳步聲震得地面直**抖**。

我目送那隻怪物走遠後，隨即拔腿向森林裏狂奔，希望趕快進入隱形蜘蛛國。因為我已經等不及了，森林小徑上布滿了各種怪物，

而他們通通都是來捉拿我的！

突然，我一頭撞上另一位旅行者。

他是一頭身穿黑色**斗篷**的狼，帽子一直垂到眼睛，露出了一隻殘缺不全的耳朵。

他的手爪裏握着一根拐杖，腰間別着一把刀。他就是夢想國最臭名昭著的匪幫領袖——**殘耳狼**！

殘耳狼仔細地打量着我，問道：「晚安，**老太太**，你見過一位騎士嗎？」

我**聲音顫抖**地回答：「沒，狼先生，我可沒見過什麼騎士！」

他追問道：「嗯，那你見過什麼小老鼠經過嗎？」

我**顫抖**地回答：「啊，沒有，沒什麼小老鼠！」

他不依不饒，問：「嗯……那麼喬裝打扮以避人耳目的小老鼠呢？」

殘耳狼

他是夢想國最臭名昭著的匪幫領袖，是叢林七大盜天團領袖——札克．斷尾郎的死對頭。在一次搏鬥中，他被札克．斷尾郎咬掉了其中一隻耳朵。這個耳朵殘缺漸漸成為了他的標記，同時讓他在江湖上打出了名號。

我**嘟囔**着說：「沒，沒，沒，我誰也沒見過！」

他久久打量着我，目光中充滿懷疑。

「嗯，老太太，你為什麼會全身**發抖**啊？」

我結結巴巴地回答：「呃，因為我冷……我年紀大……晚上潮濕……風濕病發作了……」

殘耳狼聽罷，總算放我一馬。

「原來如此，叢林的夜晚的確很**潮濕**。好吧，那麼……旅途愉快！」

我呆立在原地，直到他遠去，我才……

當我蘇醒時，腦海中第一時間想着的就是：

「我該如何找到

神秘的

隱形蜘蛛國？」

隱形蜘蛛國

隱形蜘蛛的秘密

就在我查閱地圖，尋找**隱形蜘蛛國**方位時，我聽到許多小聲音在周圍竊竊私語……

蜘蛛蜘蛛蜘蛛蛛
就是我們的種族！
蜘蛛蜘蛛蜘蛛蛛
我們一起來織補！
我們一起來織補！
隱秘蹤影無覓處！

我感到驚喜萬分，看來我已經遇到了隱形蜘蛛！不過，我怎樣才能看到他們呢？

我認為最好的方式是說出實情，於是我介紹自己：「各位隱形蜘蛛朋友們，我看上去是個老太太……事實上我是**正直無畏的騎士**。我來到這裏，希望你們能把隱形斗篷借給我。因為我肩負着一項重要任務：拯救夢想國！」

我一口氣說完，周圍沉默了片刻，然後爆發出一陣大笑……

嘻嘻嘻！

哈哈哈！ **哈哈哈！**

呵呵呵！ **呵呵呵！**

呼呼呼！ **嘻嘻嘻！** **呼呼呼！**

我以一千塊莫澤雷勒乳酪的名義發誓，隱形蜘蛛們居然在嘲笑我！！！

「他當然**看**不到我們，那個大傻瓜！」

「不然我們怎麼會叫『隱形蜘蛛』呢？當然是有原因啦！嘻嘻嘻！」

夠了 夠了 夠了 夠了
蜘蛛 蜘蛛 蜘蛛

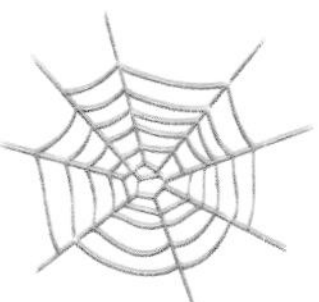

我感到很生氣，蜘蛛們居然還編了一首**小曲**來調侃我！

「**你說你是位騎士？**
可看上去像老太太……
不管從哪個方向看
你都是個傻瓜蛋！
你說你看不見我們？
能看到才是荒誕呢……
因為我們會隱身，你這個超級大笨蛋！」

我胸腔內的怒火越積越多，終於爆發出來。我大吼一聲：「***夠了了了！***很抱歉，可你們如此嘲弄我實在算不上禮貌！」

我（*總算！*）聽見一個嚴肅的聲音宣布說：「遠道而來的異鄉客，你真的如實相告嗎？你真的是正直無畏的騎士？受命來拯救芙勒迪娜皇后嗎？」

於是，我掏出那個帶有芙勒迪娜紋章的**掛墜**。

「她的紋章就是我的信物。現在，我求求你們助我一臂之力，皇后殿下危在旦夕！」

那個聲音回覆我，說：「既然如此，我們會幫助你。不過，我要告訴你一個**秘密**，這秘密一直由我族守護多年。如果你想要看到我們，你必須先通過**勇氣測試**——讓我們螫你一口！只有如此你才能看得見我們，我們才能幫助你！」

隱形蜘蛛的秘密

沒有人可以看到他們的蹤影。不過，倘若你被隱形蜘蛛螫上一口，就能看到他們了！

隱形蜘蛛國

隱形蜘蛛們長着圓圓的、毛茸茸的身體和長長的毛腿。他們移動的速度快得驚人（隱形蜘蛛們還會舉辦賽跑比賽！）

隱形蜘蛛從不螫人。因為他們的身體是隱形的，因此根本沒有必要以此作為自我防衛。

只有極少數的外來者可以獲准進入他們的世界。在這種情況下，獲邀進入隱形蜘蛛國的外來者，必須忍受被隱形蜘蛛們螫一口，讓他們在其體內注入幾滴蜘蛛的唾液，才可進入這個神秘的王國。

隱形蜘蛛國的**國王**和**皇后**由民眾選出，只有最適合治理國家的賢能（也是最具智慧，最慷慨和最明智的）才會當選。

隱形蜘蛛的性格樂天，喜歡插科打諢，最喜歡拿路過的旅客們開玩笑！

隱形斗篷，是隱形蜘蛛國裏一件珍貴無比的寶物。這件寶物的生產過程浩大，經由數十代蜘蛛們日夜紡織，才能縫製而成。而當中的縫製技巧，至今仍是一項高度機密！

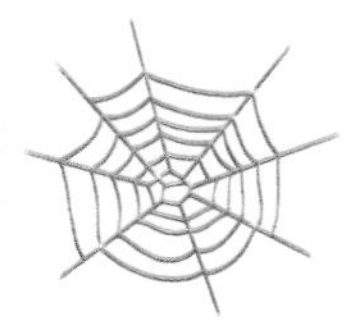

我猶豫不定地思考着：真的要讓自己被隱形蜘蛛們**螫**一下嗎？

誰知道我會不會就此一命嗚呼？

誰知道他們的唾液是否有毒？

可我別無選擇，只能鼓起勇氣，高聲說：「好！如果必須這樣我才能完成**任務**，你們就咬吧！」

我話音剛落，就感覺到有一隻毛茸茸的傢伙爬上了我的手臂，螫了我一下。

我尖叫起來：**「哎喲喲喲！」**

我感到一陣強烈的疼痛，彷彿我的身體被閃電劈中了一樣。隨後，我全身猛烈顫抖，並開始發熱。我開始感到**頭暈暈暈**，便閉上了眼睛。當我重新睜開雙眼時，竟發現自己的身體變得像蜘蛛

一樣小。在我面前，出現了一棵十分高大，**樹枝交錯**的刺柏樹。

只見樹幹底部看來曾被**閃電**擊中過，留下焦黑的痕跡。樹枝上掛着各種形狀、不同尺寸的**蜘蛛網**。其中一張網由亮晶晶的金線織成……上面坐着一隻頭戴**皇冠**的蜘蛛。

他呼喚着說：「騎士，現在你能看到我們了，對吧？剛才和你對話的就是我。在下正是**第十三世蜘蛛國國王**、紡織界大師、粗布界領袖——毛腳國王！」

Agenzia Viaggi
Ristorante
1. 蜘蛛大學圖書館
2. 蜘蛛髮廊
3. 昆蟲風味餐廳
4. 健身室
5. 「蜘蛛漫遊客」旅行社
6. 男女蜘蛛青年學校
7. 神奇腰豆種植所
8. 收藏隱形斗篷的宮殿
9. 國王和皇后的小花園
10. 純淨水泉
11. 三隻蜘蛛廣場
12. 孤獨蜘蛛散步小徑

隱形蜘蛛王國
6
8
9
10
11
12

隱形蜘蛛國王的宮廷

毛腳國王伸出長腳，示意我跟在他身後，我們沿着**刺柏樹**下一條黑黝黝的小徑，鑽進了潮濕的地面。

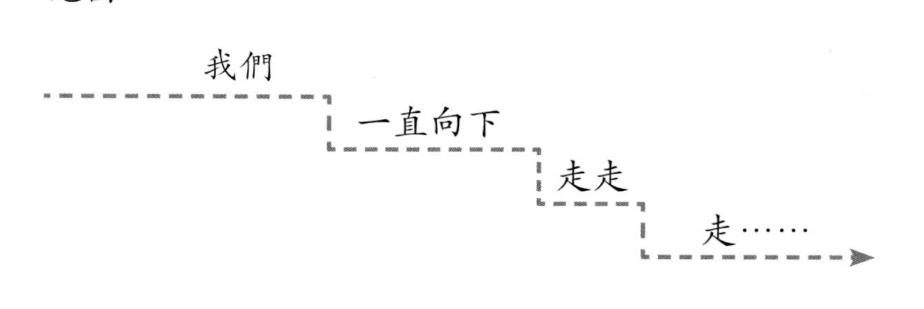

直到我們進入一個寬廣的**地洞**。那地洞的頂部垂下來幾條樹根。山洞的四壁點綴着圓圓的白石頭；每一塊石頭上都**刻有**隱形蜘蛛國歷代國王和皇后的名字，名字當中連着一頂小**皇冠**，表示他們倆共同治理國家。

我在最後一塊**石頭**上看到兩個名字：毛腳國王、細腳皇后。

地洞中擺放了兩個蜘蛛形狀的**黃金寶座**。毛腳國王徑直爬上其中一個坐下來，開始問我：「騎士，**隱形蜘蛛國**能為你做點什麼？」

你能找出
在地洞裏有多少隻
隱形蜘蛛嗎？
啊啊啊啊！

答案請見
第325頁。

我回答：「我急需一件隱形斗篷。根據傳說記載，你們王國創造了這件寶物。有了這件斗篷，我就可以躲過敵人的耳目。也許，我是說也許，我還能完成此次任務！要是沒有它，我此行恐怕凶多吉少……」

國王沉默良久，終於開口說：「騎士，那件斗篷是我們最珍貴的寶物。為了織成這一件擁有隱身魔力的寶物，我們足足經歷了數十代蜘蛛日夜編織，以唾液製成堅韌的絲線交錯縫製而成！」

他搖搖頭，歎了口氣繼續說：「不過，如果你必須用它才能拯救芙勒迪娜皇后，那我們只能忍痛割愛，但願它能助你完成任務。」

就在此刻，一大堆宮廷侍女蜘蛛簇擁着一位頭戴金冠的女蜘蛛走進山洞。

那女蜘蛛穿着華麗的衣服。她尖聲說道：「啊啊啊，騎士，你當真要帶走我們珍貴的斗篷？」

毛腳國王投降般地**歎了一口氣**，向我介紹：「這位是我的太太——細腳皇后。其實，那斗篷可是我太太的寶貝……」

細腳皇后一把鼻涕，一把眼淚地**啜泣**着說：「我可憐的可憐的可憐的小斗篷，它還如此弱小，如此嬌嫩，就要離開故土，去**遠方旅行**了……」

很快，侍女們也紛紛**啜泣**起來：「我們可憐

的可憐的可憐的小斗篷！」

皇后對我說：「騎士，你會好好待他的，對嗎？你要答應我，騎士！我們希望我們的隱形斗篷能夠平安歸來，千萬不能使它受傷害！你要知道，它就像我**兒子**一樣珍貴……」

我試着安慰她：「嗯，陛下，別害怕。我會好好對它！我一定親自照顧它……」

毛腳國王向一羣握着塗有**蜘蛛毒液長矛**的士兵揮揮手。

國王命令道：「你們速速把隱形斗篷帶到這裏來！迅速速速！」

士兵們一邊飛快地挪動着長腳跑遠了，一邊**高聲應答**：

「遵命，陛下！」

隱形斗篷

神秘的隱形斗篷

很快，士兵們就回來了。他們肩上扛着一個豪華名貴的抬轎，上面躺着……**什麼也沒有**，真的是**什麼也沒有！**隱形蜘蛛士兵們在我們面前停了下來，士兵首領高聲命令：「放下抬轎！一，二，三！」

他們動作整齊一致地把**抬轎**放在地上。

毛腳國王自豪地對我說：「騎士，你覺得如何啊？哈哈！」

我望着空空如也的抬轎，回答說：「國王，說真的，我**什麼**也沒看到啊，哪有什麼斗篷。」

國王爆發出一陣大笑：「哈哈哈！騎士說……他看不見**隱形斗篷**！」

在場的所有宮廷大臣也和他一起狂笑，重複着他的話：「哈哈！他居然說……看不見隱形斗篷！」

就連剛才還在一旁啜泣的皇后也**破涕為笑**，說：「嘻嘻嘻，他看不見隱形斗篷……啊哈哈哈！」

所有聚集在隱形蜘蛛國會議廳裏的民眾集體狂笑起來。

「哈哈哈哈哈哈！
騎士看不見隱形斗篷！！！」

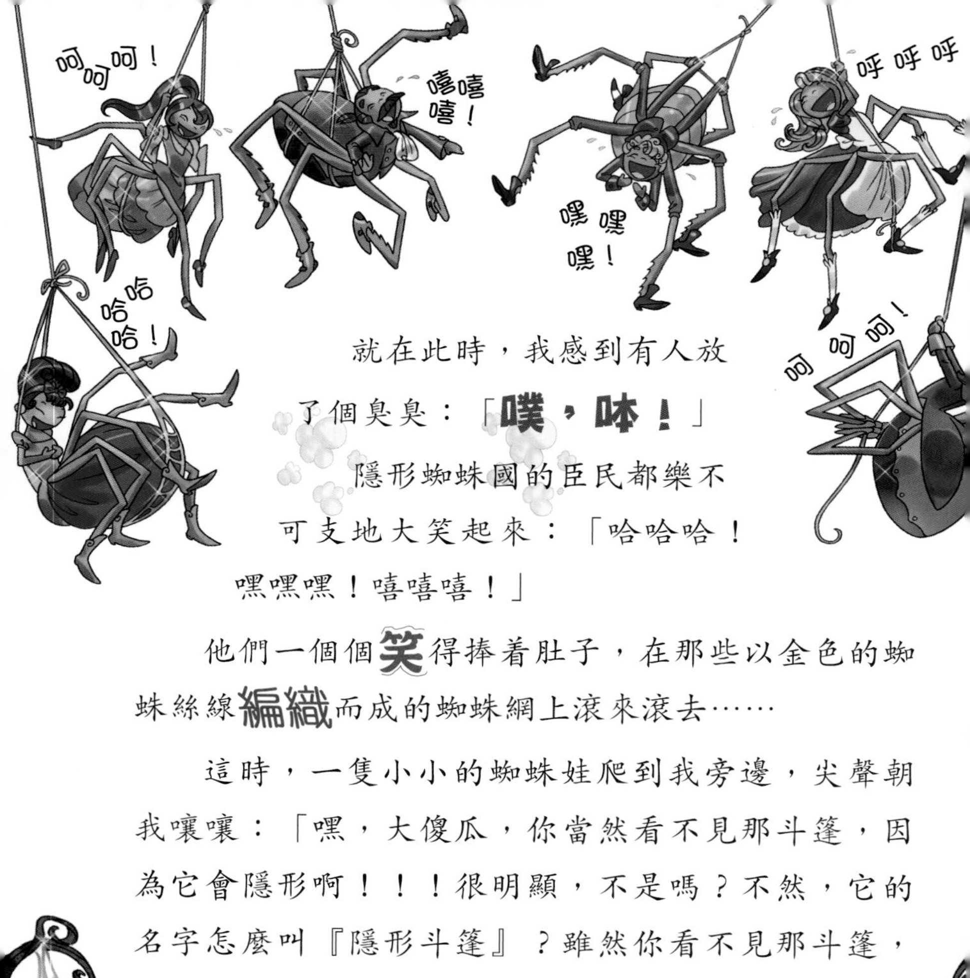

就在此時，我感到有人放了個臭臭：「噗，哧！」

隱形蜘蛛國的臣民都樂不可支地大笑起來：「哈哈哈！嘿嘿嘿！嘻嘻嘻！」

他們一個個**笑**得捧着肚子，在那些以金色的蜘蛛絲線**編織**而成的蜘蛛網上滾來滾去……

這時，一隻小小的蜘蛛娃爬到我旁邊，尖聲朝我嚷嚷：「嘿，大傻瓜，你當然看不見那斗篷，因為它會隱形啊！！！很明顯，不是嗎？不然，它的名字怎麼叫『隱形斗篷』？雖然你看不見那斗篷，不過你可以**感覺到它的存在！**」

毛腳國王揉揉眼角，擦乾那些因為狂笑而流下的**淚水**，然後向那抬轎伸

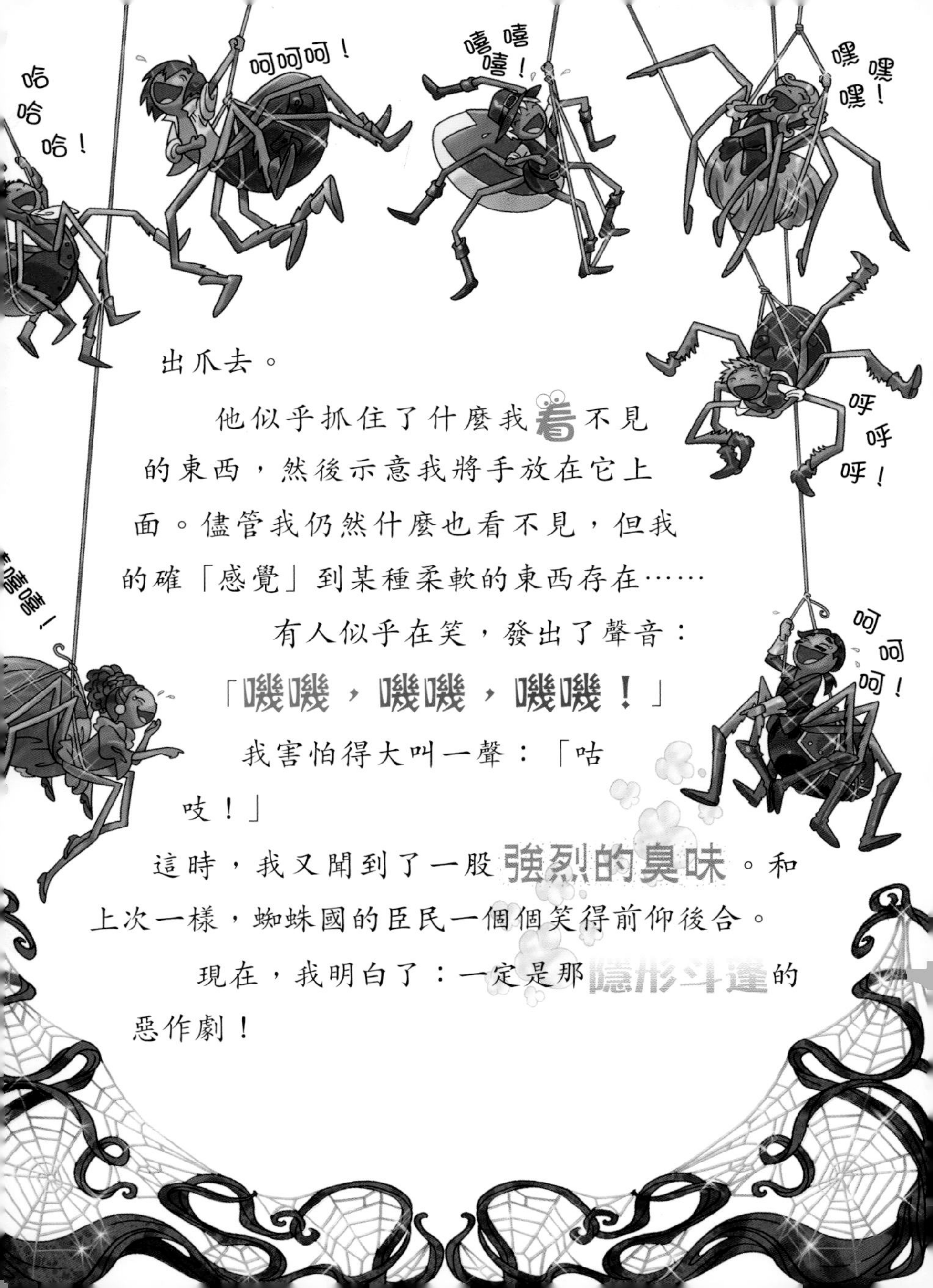

出爪去。

他似乎抓住了什麼我看不見的東西，然後示意我將手放在它上面。儘管我仍然什麼也看不見，但我的確「感覺」到某種柔軟的東西存在……

有人似乎在笑，發出了聲音：

「嘰嘰，嘰嘰，嘰嘰！」

我害怕得大叫一聲：「咕吱！」

這時，我又聞到了一股強烈的臭味。和上次一樣，蜘蛛國的臣民一個個笑得前仰後合。

現在，我明白了：一定是那隱形斗篷的惡作劇！

皇后教訓它說：「還要我告訴你多少次：有貴客光臨時，你不要放**臭臭**？!」

瞬間，皇后的語調變得柔和，說：「我的小心肝——斗篷寶寶，這位騎士遠道而來，他需要你的幫忙才能完成任務。你願意和他一起去嗎，我親愛的寶寶？」

一把聲音高叫起來回應：「**哇嘰嘰！嘰嘰，嘰嘰，哇哇嘰嘰！**」

皇后翻譯給我聽：「隱形斗篷說你打扮得像個**大傻瓜**，不過你的模樣倒頗正直，看上去值得託付。所以，它願意跟隨你去！」

皇后又進一步解釋說：「事實上，沒有人能看到隱形斗篷。除非那人被注射了特定分量的**蜘蛛毒液**，才有可能看見它。」

這時，毛腳國王接話，並鄭重地問我：「騎士，如果你真想看到隱形斗篷，就只能再被我螫上

一次。你是否有這個膽量，通過**勇氣考驗**來拯救夢想國？」

我害怕得從鬍子根一直**抖**到尾巴尖！可一想到我摯愛的芙勒迪娜皇后仍下落不明，我斗膽回答：「我準備好了！」

國王又**螫**了我一下，我頓時昏了過去……當我重新睜開雙眼時，看到一個**模樣滑稽的小斗篷**正笑瞇瞇地看着我。

隱形斗篷

它的故事

沒有人見過它，大家只知道它是由**數十代隱形蜘蛛**吐出隱形的**蜘蛛絲**來織成，這件斗篷是集合了隱形蜘蛛族畢生心血編織而成的寶物。

它的特徵

這件斗篷呈長方形，尤如**羽毛**般柔軟，如**微風**般絲滑，如黑夜的**幽靈**般隱身不可見……

它的用途

這件斗篷在必要時可以變身為披風、圍巾、被子……它可以使你免受**日曬雨淋**之苦，還可以在你從高處降落時充當繩索……甚至是飛毯！它可以幫助你隱身，還可以幫你匿藏物品（只需要將物品裹進斗篷即可）。

使用說明

如果你全身都在斗篷內，那麼你就會完全隱身。但如果你身體的某個部位露出斗篷外，那麼就會被看見！這斗篷在移動時，會發出輕微的「**咻咻**」聲，這是唯一可以覺察到它行蹤的方式。

行事作風

它性格活潑頑皮，小斗篷很喜歡討它的主人歡心。但如果它覺得被主人忽視了，就會生氣地拉下臉。如果它覺得被冒犯了，就會立刻**消失**……那時你只能通過「咻咻」聲來尋找它的蹤影……不過，你只要遞給它一顆腰豆吃，它就會放臭臭暴露行蹤啊！

興趣愛好

小斗篷十分喜歡吃**隱形腰豆**。不過，你可不能餵太多給它，否則它會放出可怕的臭氣！每天三顆腰豆便足夠了，否則你就等着聞臭臭吧！若是你一整天待在它周圍，最好採納這條建議：用小夾子夾住鼻子！

它的語言

以下是從它的語言翻譯過來的意思，供你參考：

嘰嘰，哇嘰嘰，嘰嘰嘰嘰！哇嘰，嘰哇，嘰嘰？

你好，我名叫「隱形斗篷」！你叫什麼名字？

嘰，哇嘰嘰嘰嘰嘰嘰！哇嘰嘰哇嘰嘰！

喂，你快餵我腰豆！吃飯時間到啦！

嘰嘰哇嘰嘰嘰嘰嘰！（哇嘰哇嘰？？？）

放臭臭的才不是我！（也許是吧？？？）

如何照顧隱形斗篷

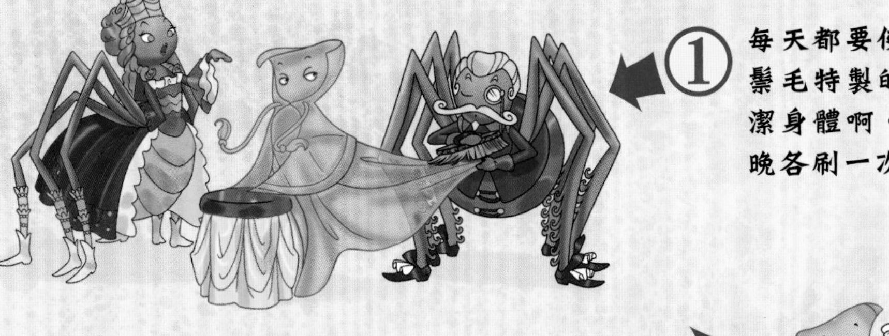

① 每天都要使用由藍色獨角獸鬃毛特製的刷子為小斗篷清潔身體啊。記得要早、午、晚各刷一次！

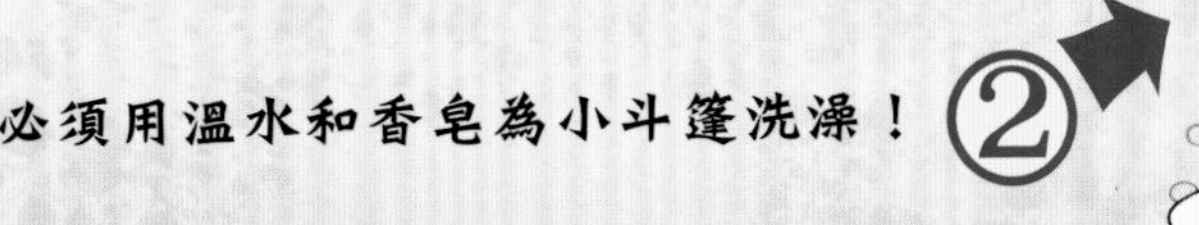

② 必須用溫水和香皂為小斗篷洗澡！

③ 必須留神不要傷到小斗篷，尤其要小心別把它撕破，或者使絲線掉落！

④
每天早晨帶小斗篷到便盆裏
拉便便！
⑤
若想外出時不丟失小斗篷，
記得在它的脖子上套一根金
絲線，並把線的另一端綁到
自己的手爪上。
隱形腰豆
⑥
記得定時給小斗篷餵吃腰豆……可不是什麼腰豆都可以，必須是隱形腰豆才
行！！！另外，每天不要餵超過三顆……至於為什麼，很快你就會明白啦！

與隱形斗篷一起踏上旅程

細腳皇后為我講解完畢後，總結説：「為了確保你不會忘記照顧隱形斗篷的**全部**注意事項，我將這卷羊皮紙留給你。」

接着，她將一卷上面貼上了隱形蜘蛛國**紋章封印**的**羊皮紙**遞給我。

她又把一個紫色絲綢小袋子塞了給我，上面用金線縫着幾個字：「**供隱形斗篷吃的隱形豌豆**」。下方還繡了一行小字：注意：每天**不**能超過**三**顆！！！

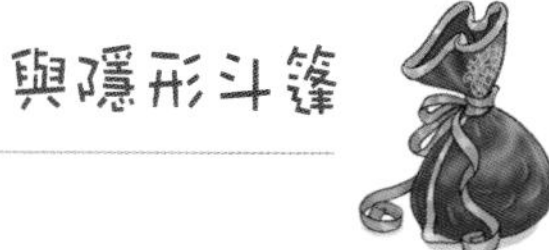

皇后笑着叮囑我：「騎士，注意那些隱形**腰豆**的分量……我們的小斗篷會放出一連串臭臭！！！」

隱形腰豆

隨後，她遞給我一對**金夾子**：「當你覺得吃不消時，就把它們夾在鼻子上。」

紫色絲綢小袋子

我還沒來得及把它們夾在鼻子上，小斗篷就放出了一個臭臭！

噗噗噗！

金夾子

蜘蛛們一個個捧腹大笑：「哈哈哈！呵呵呵！嘻嘻嘻！嘿嘿嘿！呼呼呼，隱形斗篷……腰豆……臭臭……**可憐的騎士！**」

出發的時間到了。儘管現在我有了隱形斗篷，已經不再需要**喬裝**打扮了。但為了保險起見，我仍扮成一位老太太出行。

我向毛腳國王和細腳皇后道謝，並向所有隱形蜘蛛國的民眾道別。

蜘蛛們**揮動**着爪子向我致意：「再見，騎士！一路平安！」

我向大家告辭：「謝謝你們為我所做的一切，尤其感謝你們的**隱形斗篷**！」

小斗篷聽到我提起它的名字，興奮地**嚷嚷**起來：*「嘰嘰哇嘰，哇哇嘰嘰哇哇！嘰嘰哇哇嘰嘰嘰嘰嘰哇，哇嘰嘰哇哇！哇哇？」（大家再見，我會儘快回來！誰要是偷吃了我的腰豆，給我走着瞧！懂嗎？）*

它開心地手舞足蹈，並放出了一連串**可怕的臭臭**。

這次我可早有準備，趕緊夾住自己的鼻子，隱

謝謝，
再會！

形蜘蛛們在一旁笑着說：「呼呼呼，你們看，騎士還沒出發，就夾住了鼻子！

哈哈哈哈哈哈……」

我帶着隱形斗篷沿着銀色石頭小徑前進，那條小徑直通向**紅寶石龍國**。

我的身高突然又恢復了正常！

我們走啊走啊走啊走啊走啊走啊，
走了幾小時小時小時小時小時小時小時小時
小時小時小時小時小時小時小時小時小時……
直到我們走到某一處……

那小徑開始不斷向下向下向下……

在帶刺的低矮荊棘叢中延伸。**荊棘叢**變得越來越密，越來越高……刺也越來越多！一根帶刺的荊

棘枝扎了我一下！

哎喲！我的屁股很痛啊！

當下，我聽到「**嘶嚓**」一聲！

我以一千塊莫澤雷勒乳酪的名義發誓，隱形小斗篷被荊棘撕開了一個大裂口！

我難過地望着小斗篷，不知道如何是好。而小斗篷開始**嚎啕大哭**：*「嘰嘰嘰嘰！」（我要回家！）*

食肉魔用的除臭噴霧劑……

此時，一把聒噪的聲音在我耳邊響起來：「走一走，瞧一瞧啊！有魔力的寶物開賣啦！！！所有**魔法**必備的工具應有盡有！龍族用的泡沫滅火器！矮人用的鋤頭！巨人的腳趾甲鉗！女巫抗皺紋霜！食肉魔用的除臭噴霧劑……還有其他各類有用小物品！應有盡有，無奇不有！**啞啞啞！**」

原來，是一隻烏鴉在嚷嚷。他興奮地朝我打招呼：「**啞啞啞**，貴客上門啦！」

他忙不迭地拉開脖子上扛着的小匣子。

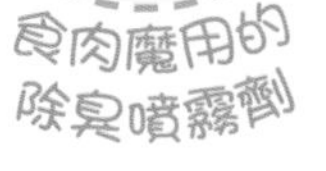

女巫
抗皺紋霜

「貴客，你需要什麼？我這裏應有盡有！**啞啞啞！**」

「呃，你這兒有沒有什麼能修補……呃……**隱形**之物。」

這隻烏鴉向我投以懷疑的**目光**，上下打量着我。

我這裏應有盡有！

「你說什麼，隱形之物？」

我可不想告訴他自己的秘密，於是支支吾吾地解釋說：「是的……某樣**看不見**的東西……能夠包裹……身體……比如布料……被撕開了的**布料**……諸如此類的東西！」

他激動萬分地重複我的話：「某樣看不見的東西……能夠**包裹**身體……比如**布料**？

油油鴉

烏油族國王

他是誰：

油油鴉是夢想國裏最狡黠的烏鴉。他來自古老的烏油族——他們是夢想國內唯一忠誠於芙勒迪娜的烏鴉部落。其他所有的烏鴉部落都已與女巫結盟。

他的職業：

油油鴉販賣各類小物件……他將所有商品都收進一個匣子裏，總是把它斜背在肩上！

他的個性：

油油鴉的個性不壞，卻不可信：他性格狡猾！要是你遇見他，他老是設法勸你從他那兒買些稀奇古怪的物品，還會巧言勸你簽署一份不老實的買賣合同，務求從你口袋裏賺取幾枚金幣！

「那不就是隱形斗篷嘛！！！很多傳說都有提及這件寶貝，我簡直不敢相信它真正存在！啞啞啞！」

我只好老實交代：「哎，老實說，在某種程度上，其實，也許，可能，但是，要我說……可以這麼說……總之，的確如此！」

他擰擰我的尾巴：「你這個狡猾的老太太，你肯定是把珍貴的斗篷損毀了，然後想要補好它，對吧？別擔心，今天是你的幸運日，因為你遇到了我！」

接着，他高聲說：「油油鴉這裏應有盡有！什麼東西才能幫你修補隱形斗篷呢？答案顯而易見：隱形針線！」

他的翅膀在匣子裏摸來摸去，掏出了某樣我看不見，卻摸得着的「玩意」。那居然真的是一根針和一條

！

我高興不已，馬上問他：「這玩意多少錢？」

他朝我眨眨眼睛說：「我給你一個優惠價：五枚金幣，啞啞啞！」

我大聲抗議說：「啊？什麼？我可沒那麼多錢！」

他狡猾地笑笑：「是嗎？太多了？那就算了，我親愛的老太太。再見，祝你好運，啞啞啞！！！」

我試圖讓他同情我：「可是，斗篷破損了，它很難過……」

油油鴉聳聳肩膀，說道：「很抱歉，可生意就是生意。啞啞啞！！！」

我仍然試圖說服他：「等我返回水晶宮，我就能支付五枚金幣給你啦！」

油油鴉沉思片刻，爪子在地面上蹭來蹭去。不久，他從小匣子掏出一卷羊皮紙、一個墨水瓶，以及一根鵝毛筆。

「啞啞啞，今天我就當做件好事。只要你在這個付款合同上簽名，承諾你到達目的地後付給我五枚金幣，並從今天起（每日）多支付十枚金幣的利息，我就將針線賣給你！」

我別無選擇，歎了一口氣，便簽上名字。

油油鴉揮動翅膀拍拍我肩膀：「我親愛的老太太，為了確保你如數支付我金錢，從現在開始我會寸步不離地跟着你，直到我們抵達水晶宮！」

就在此時，他的視線落在一張通告上。那通告上印着我的臉孔，旁邊寫着：

「懸賞……這名騎士……
不管是死是活！」

油油鴉發出一聲驚呼：「以我**爺爺的鳥嘴**的名義發誓！」

油油鴉走到通告前面，他從口袋裏掏出一枝紅筆，在通告的肖像上添上寥寥幾筆，勾畫出一頂假髮、一條帶領子的圍裙……

隨後，他轉向我大叫：「上前一步，老實交代！你根本不是老太太，你是正直無畏的騎士！」

我只好承認：「沒錯，就是我！」

然後，我脫掉了身上用來喬裝打扮成老太太的道具。

油油鴉狡猾地啞啞大笑：「要是把你交出去：

我肯定會領到**巨額金幣賞金**！不過，這樣你就沒法支付我**五枚金幣**（*以及每日產生的十枚金幣利息啦*）！所以我決定啦：我要等到我們抵達水晶宮，待你給我支付**五枚金幣**（*以及每日產生的十枚金幣利息*）後，才再去舉報你，這樣我也能領到賞金啦。你看我聰明吧？」

兩名可怕的旅伴

我拿起花費了巨大代價才獲得的針和線，開始修補隱形斗篷……

小斗篷不住地抱怨着，但當我修補完畢時，它高興地舔舔我的手爪。

這時，油油鴉卻啄了我一口。

「啞啞啞啞，小胖鼠，我們該走啦！

「你早點回到水晶宮，早日結束旅程，而我也能早點拿到金幣！**啞啞啞！**」

在旁的小斗篷一把揪住我的外套，嚷嚷着説：*「哇嘰嘰哇嘰嘰嘰嘰？嘰嘰嘰，哇哇哇！」（你能給我腰豆嗎？快點啊，我好餓！）*

我遞給他一顆腰豆，以安撫它的情緒。它卻立刻回報給我一陣可怕的臭臭！

油油鴉高叫道：「**啞啞啞，好臭啊！**」

我真是受夠了這兩個旅伴，大吼一聲：「夠啦，拜託安靜一點！我沒法思考了！！！」

他們兩個總算老實下來，我便開始查閱夢想國地圖。

呃，從我們所在之地出發，我們需要渡過一條河，攀登一座高山，然後穿越**冰原**……

我以一千塊莫澤雷勒乳酪的名義發誓，我根本不可能完成這些挑戰！

這時候，小斗篷説話了：「**哇，嘰嘰嘰嘰哇哇，哇哇哇嘰？**」*（嘿，其實我會飛啊，*

你知道嗎？）

我靈機一動，說：「對呀，為什麼我之前沒想到呢？我可以騎在隱形斗篷上飛過去！」

油油鴉啞啞大叫：「你去哪兒，我就去哪兒，明白嗎？我要看緊我的那份錢，啞啞啞！」

他飛到小斗篷上，對我說：「雖然我有翅膀，但我也要和你一起坐上斗篷。小胖鼠，你休想溜走，哈哈哈！」

小斗篷起飛了，油油鴉叫嚷着：「你就這點本事？老實說，我們烏鴉族的飛行技術比你好多了。啞啞啞！」

小斗篷突然開始加速，連翻兩三個筋斗……

油油鴉不以為然地冷笑，說：「這可沒什麼了不起，我也會飛，你明白嗎？我一出生就會飛翔，啞啞啞！」

小斗篷開始向上攀升，我拚命抓住它，以免掉落地面。不久，小斗篷急速俯衝下降並旋轉。我嚇

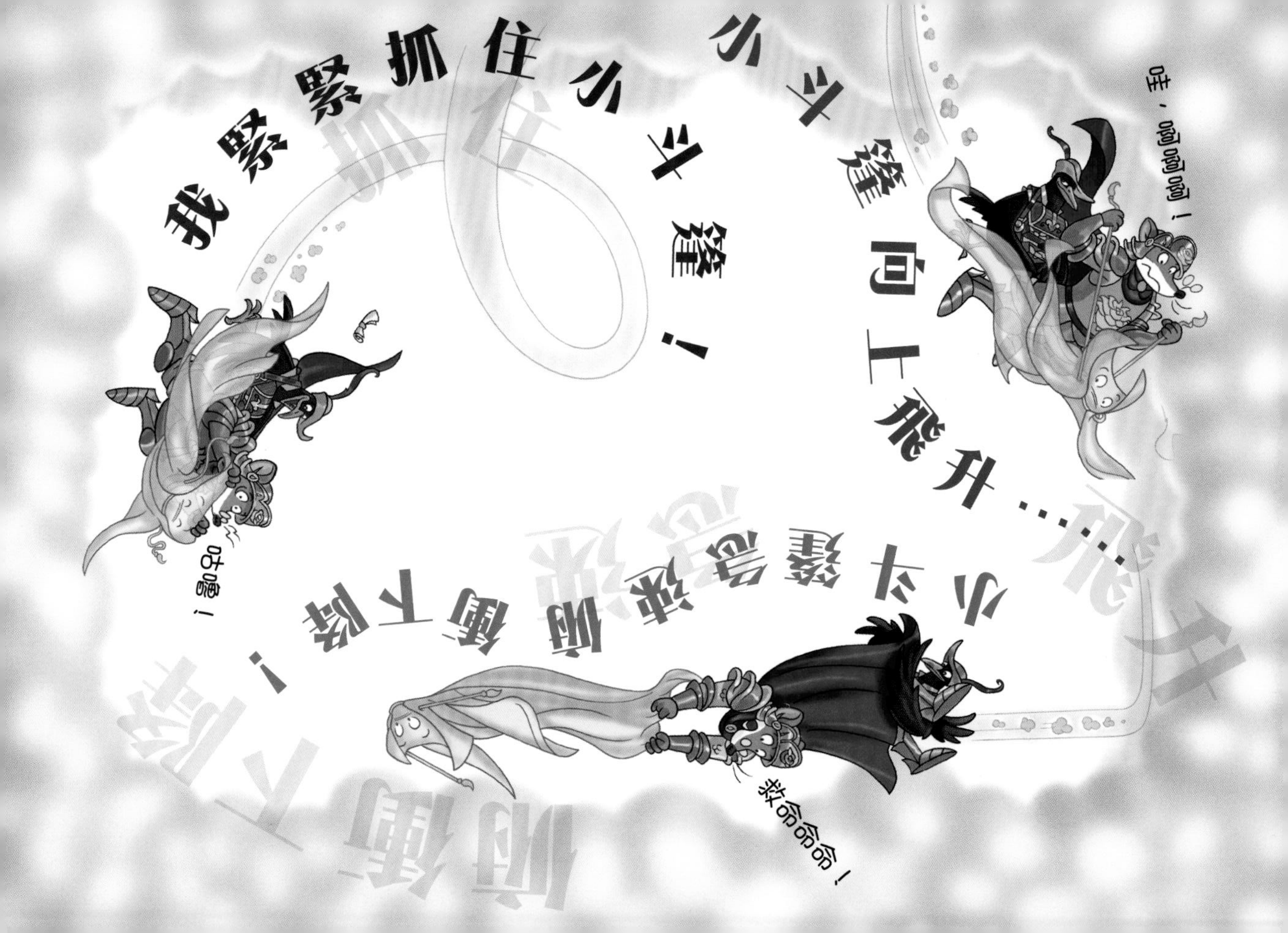
我緊緊抓住小斗篷！
咕嚕！
小斗篷向上飛升……
哇，啊啊啊！
小斗篷急速俯衝下降！
救命命命！

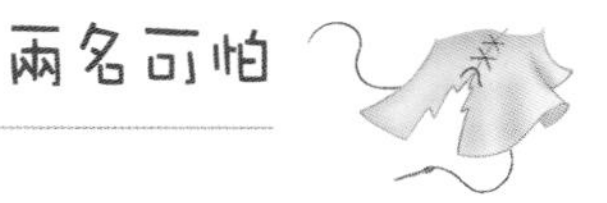

得連連尖叫，油油鴉也哇哇大哭：「哇哇，誰教你飛翔？誰給你頒發了飛行許可證？你要是在我們油油鴉部落，我一定會拔光你的**毛**，剝了你的**皮**！就算是剛孵出來的小烏鴉，也飛得比你穩……」

兩位旅伴一路上都在吵吵嚷嚷，讓我頭大……

油油鴉啄着小斗篷，催促它快點飛，嘴裏還嘮叨着：「**啞啞啞**，你就只有這點本事？就算一隻翅膀綁上石膏的鵪鶉也飛得比你快！我才是真正的飛行家！給我快點飛，你這個跳蚤斗篷、繡花毯子、擦鞋墊子！」

小斗篷氣得不斷放出**臭臭**，熏得我不得不全程夾住鼻子，油油鴉揮動翅膀搧風，嘴裏挑釁我說：「你從哪裏找到這個臭臭大王？真噁心！**啞啞啞**，這簡直比臭雞蛋還要難聞！」

此時，我才發現小斗篷把腰豆都快吃光了！

那個原本裝滿腰豆的小袋子幾乎空了……難怪小斗篷放出這麼多**臭臭**！

我教訓他說：「你不該把腰豆都吃了！」可是已經太遲啦！

就這樣，我在兩位可怕旅伴的陪同下向紅寶石龍國**飛去**。一旦我們抵達那裏（*如果還活着的話！*），我必須立刻調查三件魔法寶物之一：**水晶球**的失蹤之謎。

我們飛啊……飛啊……飛啊……

我們飛啊……飛啊……飛啊……

我們飛啊……飛啊……飛啊……

連在我們周圍飛行的小鳥，都被臭味熏昏了！

啾啾！
受不了！
救命！
啾！
救命！
很臭啊！
揉一揉，聞一聞，
這就是隱形斗篷的臭臭啦！

我們飛啊……飛啊……飛啊……

直到我們抵達紅寶石龍國！

咦？

在第七天的黎明時分，油油鴉宣布看見我們的目的地：「啞啞啞！紅寶石龍國就快到了！」

小斗篷興奮地轉過方向，急速俯衝下降。我緊緊地抓住斗篷，害怕地大叫說：「求求你，慢一點兒，否則我的胃要翻江倒海啦！」

小斗篷連翻三個筋斗，來回應我的請求。然後，它轉過身，猛地向下急降，總算着陸了。

我們終於抵達了！

紅寶石龍國

你從未見過紅寶石龍？

小斗篷平躺在地上，我終於回到地面了。我的胃裏翻江倒海，泛起一陣陣**噁心**……

油油鴉卻精力充沛地蹦蹦跳跳，高聲叫喚：「啞啞啞，我們總算順利到達了，哈哈？要是我自己**飛**，拍拍翅膀的功夫就到了……」

小斗篷連放了三個**臭臭**，作為對油油鴉的回應。

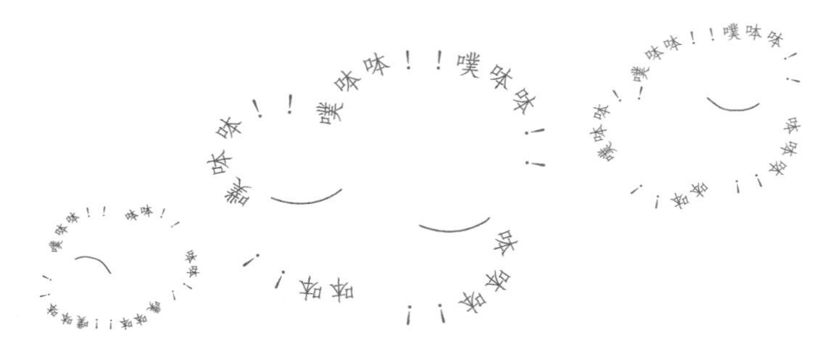

我趕忙夾住鼻子，以免被臭氣熏倒。

就連油油鴉也不得不承認：「雖然你的飛行技巧馬馬虎虎，可我必須承認你在放臭臭方面登峯造極了……**啞啞啞**，很臭啊！」

我們遠遠望見一座**光芒**四射的城堡，坐落在遠處的山頭上。

我們向那個**方向**走去……

當我們逐漸接近那座城堡時，我發現……城堡的牆、塔樓和屋頂，在陽光映照下發出深紅色的光芒……

這就是**紅寶石城堡！**

紅寶石龍國
5
7
3
4
9
1. 紅寶石城堡
2. 紅寶石洞
3. 紅寶石樹林
4. 長着紅寶石灌木叢
的紅寶石峯
5. 紅寶石湖
6. 紅寶石井
(如果你投一塊紅寶石進
去，它就會滿足你的願望)
7. 紅寶石橋
8. 紅寶石山脈
9. 紅寶石河

1
2
6
8

我們來到城堡門口，我**膽怯**地敲敲大門（*連它也是由紅寶石製成！*）

這時，從裏面傳出一把雷鳴般的聲音。

「誰啊？」

我急匆匆地回答：「呃，我是**正直無畏的騎士**，受命尋找失蹤的芙勒迪娜皇后。此行非常緊急，應該說是十萬火急。而我必須先從水晶球失蹤一事開始**調查**，所以……」

大門開了，只見一條猶如落地大櫃一般高大的龍站在我的面前。

他高聲對我說：「我以一千片水晶的名義發誓，你應該早點交代你是正直無畏的騎士！我們已經恭候閣下很久啦！快進來，大家已準備好歡迎儀式啦！」

此時，我發現這條**龍**……全身都是**紅寶石**！

他的爪子、尾巴和肚皮都是紅寶石（*我向你們保證，他的肚皮很大啊！*）

騎士，快請進！
啞啞啞！
啊？

甚至連他的皮膚、臉孔、耳朵和尖尖的**牙齒**，都是紅寶石！

那條龍伸出**爪子**和我握手（*差點把我的手握碎！*），說道：「對了，我名叫火火龍，是紅寶石龍國國王的兒子。快點兒，**隨我來**！不然，湯都煮過頭了，我媽媽會抱怨的！」

此時，小斗篷放出一連串**臭臭**，火火龍尖叫着澄清：「放臭臭的可不是我！」

油油鴉嘟囔着說：「此地無銀**三百兩**。你這傻瓜急着澄清，就說明正是你放的！」

火火龍神經質地用尾巴拍打地面，反駁道：

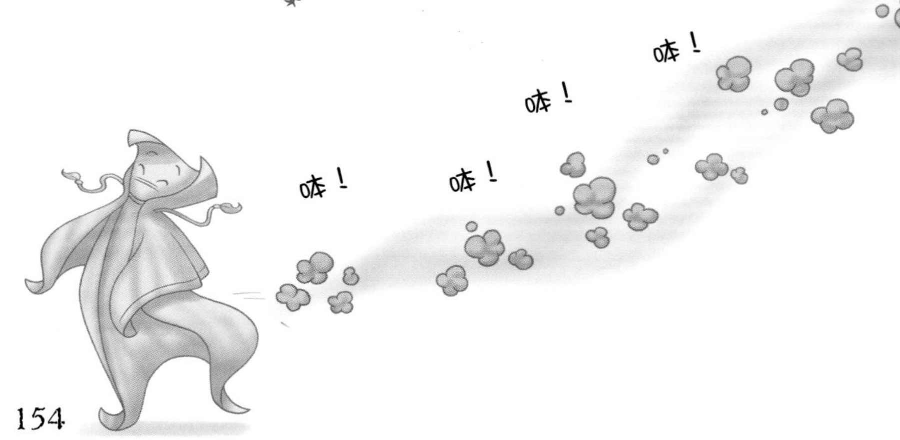

「你這個**小雞臉**，你想讓我扭斷你的脖子來燉湯嗎？」

正當油油鴉惱火地想要上前啄他時，我趕忙制止：「**冷靜！**要是我們與火火龍鬧得不愉快，就別想完成任務啦！你也拿不到屬於你的那份**金幣**了，明白嗎？」

油油鴉頓時安靜下來：「**啞啞啞！**當然了，**啞啞啞！**」

隨後，他謙卑地向火火龍一鞠躬：「巨龍先

生，抱歉冒犯了你。其實放臭臭的肯定是騎士嘛，**啞啞啞！！！**」

我尖叫起來：「怎麼突然扯到我呀？？？」

可我轉念一想，也許這樣更好些，於是承認說：「呃，好吧，是我放的。現在別再追究了，行嗎？」

巨龍伸出大爪拍拍我肩膀，震得我前仰後合。他呵斥道：「騎士，你早就該老實承認是自己放了**臭臭**！」

接着，他示意我們隨他踏上以**紅寶石**砌成的通道。在我們面前，出現一座以**紅寶石**建造的宮殿。他打開宮殿門，帶我們進入以**紅寶石**砌成的走廊，直到我們來到一個以**紅寶石**建成的大廳，大廳裏設有兩張**紅寶石**寶座，上面坐着兩條**紅寶石龍**！

他們就是**天火國王**與**地火皇后**！

紅寶石龍皇朝
天火國王
地火皇后
雷雷龍
火火龍
閃閃龍
亮亮龍

紅寶石城堡
8
7
5
9
3
6
4

1
2
I. 龍族寶座
2. 千枚紅寶石大廳
3. 客房
4. 水晶球室
5. 巨龍瞭望塔
6. 巨龍訓練跑道
7. 守衛站崗處
8. 巨龍着陸塔
9. 紅寶石龍秘密通道

紅寶石湯的味道……及其他稀奇古怪之事

在兩位統治者兩旁，站着兩排**紅寶石**男龍和女龍。

大廳裏一片寂靜，我莊重地邁步上前並深深地向他們**鞠躬**：「尊敬的天火國王、地火皇后，很高興認識你們，我是……」

我正要報上自己是正直無畏的騎士的稱號時，可就在此刻小斗篷竟連着放了一大串**臭臭**，大廳裏的龍族頓時被熏得紛紛咳嗽！

嗚嗚嗚，沒有人發現是小斗篷放的臭臭，因為它能夠隱身！

國王大吼一聲：**「誰放的臭臭？」**

皇后尖叫一聲：**「誰放的臭臭？」**

所有在場的龍族齊聲怒吼：**「誰放的臭臭？**

誰放的臭臭？
誰放的臭臭？
誰放的臭臭？
嚴嚴龍
士兵
肅肅龍
步兵

油油鴉大叫一聲：「是騎士放的！」

我真想立刻告訴他們不是我，可我又無法透露自己攜帶**隱形斗篷**的秘密，只好喃喃說：「呃……其實……是……不是……也許……其實……我要說……總之……是我放的，**很抱歉！**」

大廳裏的龍突然哈哈大笑，交頭接耳地議論着：「他不應該叫正直無畏的騎士，應該叫正直**無臭**的騎士，不對，正直**有臭**的騎士才對嘛！」

猛猛龍
將軍

龍族守衛隊的將軍，猛猛龍對我說：「下次我們和鄰國發生戰爭時，我們就立刻把你送到前線，保證能把敵軍**熏倒**！」

皇后身邊的侍女悄聲議論我說：「那騎士看上去挺可愛的，

想不到居然會放出如此可怕的臭臭……」

這時，龍族醫生奔到我旁邊，掰開我的嘴巴，給我灌下了一勺味道可怕的蓖麻油。

「騎士，快吞了這種藥，它能幫助消化，保證讓你不再臭氣熏天！」

作為回應，小斗篷又一連放了三個臭臭：

咻！咻！咻！

大家驚呼起來：「救命啊啊！我們喘不過氣來了，騎士，求求你別再放**臭臭**啦！！！」

油油鴉還火上澆油地說：「**啞啞啞！**我早就和他說過了，可他不聽啊，依舊放個不停！」

我真想為自己辯解，可又沒法坦白說出實情，只好低聲教訓小**斗篷**：「都怪你，害我**丟臉**了！」

力力龍
侍從

不久，侍從力力龍帶我來到客房，讓我休息。整個房間都是用紅寶石所造，我發現自己只能睡在一張**紅寶石**牀上，蓋着**紅寶石**牀單，而我期盼已久的午餐……居然是一碗**紅寶石**湯！

我嘗嘗味道，失望極了。

你們可以想像一下紅寶石湯的味道嗎……太可怕了！

嗚嗚嗚，這天晚上我只好空着肚子去睡覺！

整個晚上，我在牀上翻來覆去，瑟瑟發抖，因為這張牀非常硬，牀墊下面是冰冷尖利的水晶。我起身走到壁爐旁，可就連壁爐中的火焰竟然也是紅寶石，根本不會散發熱能的！

接着，我拿起書本想看，可這裏連書本也是由紅寶石雕刻而成的，完全不能翻頁……就這樣，我一整個晚上都沒法合上眼睛，直到太陽終於躍出地平線……

紅寶石湯

紅寶石壁爐

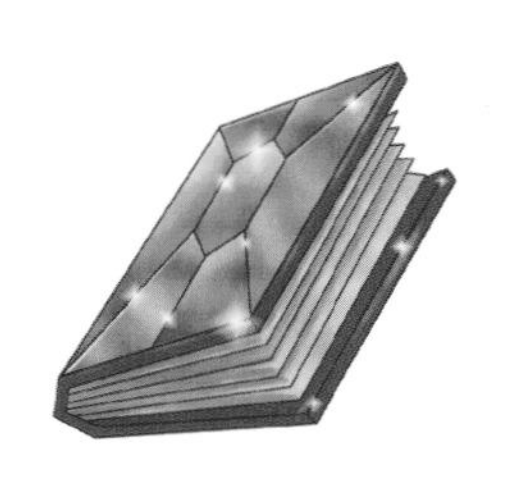

紅寶石書

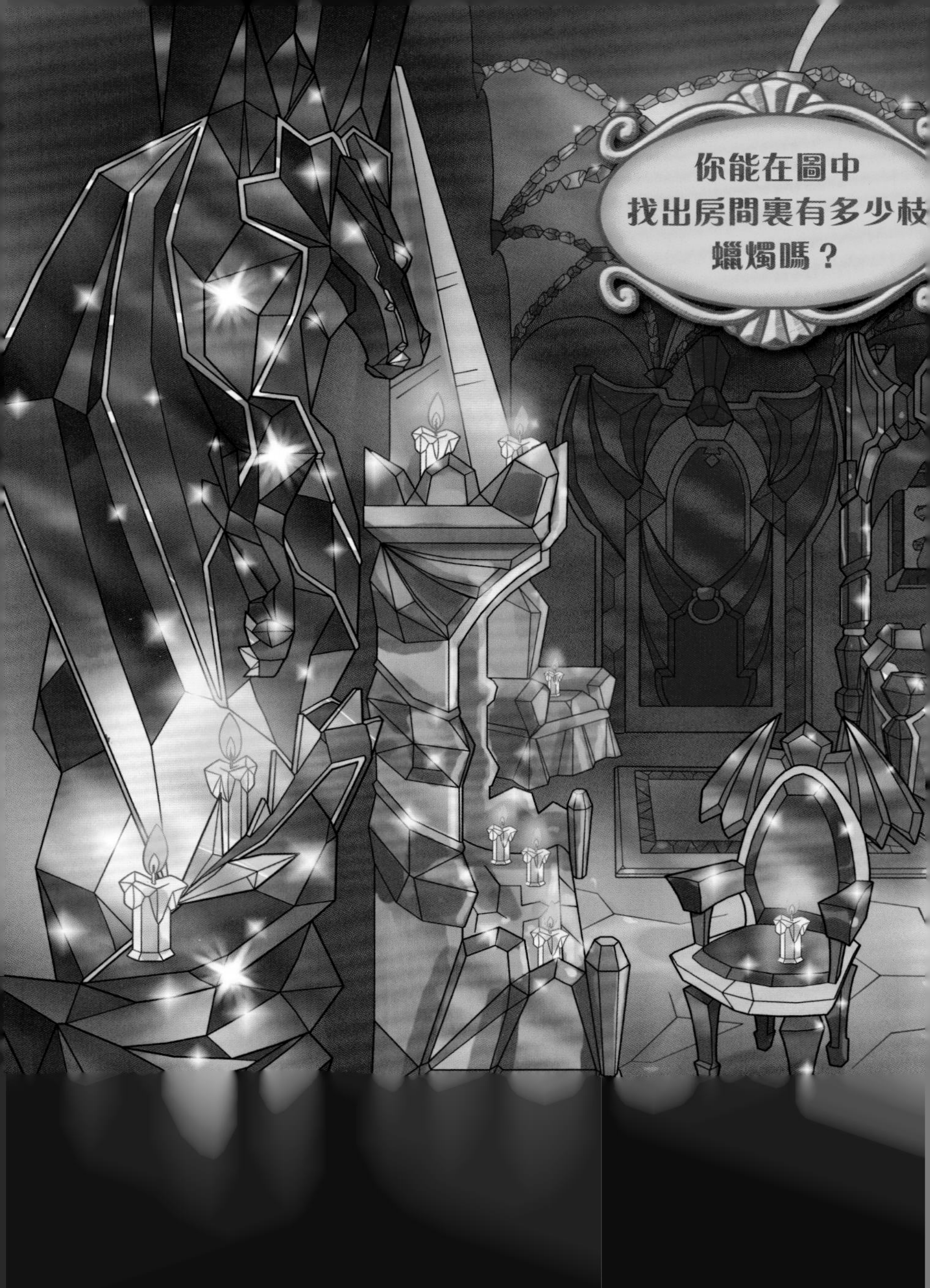
你能在圖中
找出房間裏有多少枝
蠟燭嗎？

答案參見
第325頁。

孔雀羽毛

第二天早上，**早餐**時間過後（*早餐的食物全部由***紅寶石***做成，我自然什麼也沒吃過啦！*）龍族士兵棒棒龍帶領我來到收藏**水晶球**的地方，也就是發生失竊的位置。

我們穿過很多，非常多的大廳，最後抵達一個由紅寶石建造而成的房間，在房間中央設有一個華麗的噴泉。天火國王就在那裏等着我。

國王的眼裏含着淚水，開始向我說明水晶球被盜去的經過……

「這都是我的錯，我應該加強守衛，芙勒迪娜皇后曾經多次叮囑我要小心防範……

呼……
呼……
嗚嗚嗚…
呼！
呼
呼！
古怪的
彩色羽毛

「我知道邪惡勢力想要謀取這個珍貴的水晶球！所以，我把**水晶球**放在守護噴泉之上，以防被盜竊。怎料這個小偷（*到底是誰？？？*）居然想到辦法把**守護噴泉**哄睡了，然後把水晶球偷走了……」

我靠近噴泉仔細查看。

只見那噴泉睡得正香，還在地打呼嚕呢：「**呼！呼嚕！呼！**」

嗚嗚嗚，水晶球已不見蹤影了……

噴泉池中漂滿了**洋甘菊**的花瓣……原來那小偷就是這樣把噴泉哄睡的，然後把寶物拿到手！

這時，我注意到地上有一根古怪的**彩色羽毛**。

我拾起了羽毛，問國王：「你知道這根羽毛屬於誰嗎？」

油油鴉一把從我手上搶走了那根羽毛，把它放在放大鏡下仔細查看。然後，他掏出了一本小書，封面上寫着：「**夢想國的羽毛圖鑑，詳述各類小羽毛、中羽毛和大羽毛（或超大羽毛）。**」

他一邊向我指指書上的一張插圖，一邊說：「你看，這是夢想國一種極為稀有的孔雀羽毛。」

我陷入了沉思，回想起自己曾在芙勒迪娜皇后的書房裏發現的金色帶扣……

我將羽毛放入背包，現在我又找到了另一條線索，也許它可以幫助我查明誰是小偷……

耍滑頭的藝術，即……

我在紅寶石龍國的任務已經結束，準備前往下一個目的地。

在離開前，我向國王致謝：「陛下，謝謝你的熱情款待。現在我要出發了！」

國王熱情地挽留我：「親愛的騎士，你們就再多住幾天吧……」

皇后也挽留我：「再多住幾天吧！」

所有的**紅寶石巨龍**齊聲挽留：「再多住幾天吧，**騎士！**」

就在此時，小斗篷竟然一連放出七個臭臭，而且一個比一個響！

所有的巨龍頓時改口，齊聲說：「騎士，如果你要走，我們也不便挽留！再會！**一路平安！**」

他們將我帶到城堡出口大門，一邊與我揮手道別，一邊竊竊私語：「騎士的性格不錯，可是他放的那些臭臭……」

我只好急忙沿着城堡外的大道疾走，一邊生氣地埋怨小斗篷：「你可真給我丟臉！再也別這麼做啦，你這討厭鬼！」

直到我們離開城堡老遠的，我才重新跨到隱形斗篷身上。

小斗篷帶着我們開始飛行，油油鴉興致勃勃地跟我分享他的夢想，說：「啞啞啞，騎士，我想寫一本書，書名叫做《從A到Z的喬裝之術》，藉此跟大家分享如何狡猾地作出優雅的喬裝打扮而不露出馬腳。你覺得如何？」

油油鴉的夢想

油油鴉一直渴望寫一本書，書名叫做《從A到Z的喬裝之術》，藉此跟大家分享如何狡猾地作出優雅的喬裝打扮而不露出馬腳。

我客氣地回答：「呃，我並不熟悉這個領域的書。但如果你有需要，我當然也可以幫忙……」

在旁的小斗篷突然嫉妒地放出了一個大臭臭，熏得我差點透不過氣。原來，小斗篷也想撰寫一本書，書名叫做《臭臭笑話集》。我只好答應到時也給它幫忙！

我的命真苦啊！

我掏出夢想國的地圖，尋找嘶嘶蛇國的地理位置。**低語魔法杖**被盜去前，它一直由該國保管……

隱形斗篷的夢想

隱形斗篷夢想可以籌劃撰寫一本名為《臭臭笑話集》的著作，來討大家開心！

臭臭笑話集

一天，隱形斗篷去看醫生，他說：「醫生，我一直放臭臭，卻聞不到味道！就在此刻，我連放了二十個臭臭！」

醫生對他說：「你服下這一劑藥，三天後再來我這裏吧。」

三天後，小斗篷對醫生說：「太感謝了，醫生！現在我聞到了！真的很臭啊！」

醫生滿意地說：「很好，看來你的感冒已經痊癒了！」

兩隻食肉魔在餐廳吃飯，其中一隻正在向朋友吹噓自己和巨龍決鬥的經歷。

他講到一半，另一隻食肉魔評論道：「我的天，真是驚險的過程啊！你知道嗎？聽了你的故事，我緊張得連氣也不敢喘……」

講故事的那隻食肉魔回答道：「還好你沒喘氣，因為你剛喝了洋葱大蒜湯！」

兩隻臭臭相遇了。

其中一隻大哭起來。

另一隻不解地問：「你為什麼哭？」

那隻臭臭難過地說：「嗚嗚嗚……臭肉魔把我放了！」

我努力研究着地圖，終於發現嘶嘶蛇國坐落在一座金字塔形狀的高山上。我吩咐隱形斗篷：「小斗篷，請你一直往南，朝**嘶嘶蛇國**的方向飛！」

油油鴉叮囑說：「啞啞啞，當我們抵達嘶嘶蛇國時，大家要萬分小心，不要暴露行蹤！那兒可不是久留之地，我曾聽聞過關於那裏的傳說……聽說巨蛇喜歡吃新鮮的**鼠肉**。**騎士**，如果我是你，我會小心為上！

「依我說，你最好喬裝扮成其他動物。比如說，**一頭大象？**

一隻食蟻獸？不管怎樣，你都應該喬裝打扮一番……要是巨蛇們發現你是一隻小老鼠，你就慘了……他們甚至等不及把你烹熟，便把你活生生地吞進肚子裏……這樣的話，誰會付錢給我呢？**啞啞啞**，你必須使用瞞天過海的喬裝之術才能在那兒活下來……」

我們在空中飛行了三**天**三**夜**，整個旅程中油油鴉一整天在我耳邊聒噪地嚷嚷，而小斗篷則一刻不停地放着臭臭……終於，一座**金字塔**形的高山出現在我們視線內。

我立刻興奮地高呼：「我們終於抵達了**嘶嘶蛇國！**」

斯斯究國

嘶嘶蛇的秘密

不久，隱形斗篷降落在金字塔形狀高山的山腳下，我的雙腳終於重新踏在地面上……

可是，當我四周張望後，立時變得失望透頂……

我發現自己身處於一片金色的沙漠中，一望無際，狂風猛烈地呼嘯而過……

而我們的面前只有一座金字塔，四周再沒有其他東西了！

我定睛一看，這才發現在金字塔的中央，刻有用夢想語*書寫的一行文字……你能讀懂上面寫了什麼嗎？

*請參照第324頁的夢想語詞典。

裏一片死寂……
裏一片死寂……
片死寂……
這裏一片死寂……
這裏一片死寂……
裏一片死寂……

我們已經抵達了目的地。

可是，四周一片荒蕪……那麼……傳說中的蛇在哪兒呢？

此時，油油鴉朝我狡猾地笑笑：「我知道他們在哪兒，還知道怎樣找到他們。不過，在我告訴你之前，你必須和我簽署一份合同，答應給我支付一百枚金幣！」

我無可奈何地歎了口氣，只得在合同上簽上名字。這時，油油鴉高聲叫嚷：「啞啞啞！你真是個大傻瓜……要是我早一點遇上你，我現在已經富可敵國啦！」

油油鴉抬起腳爪，踩了踩地面，嘿嘿一笑說：「我們應該從這兒下去。你看到周圍一片荒蕪死

寂，那是因為嘶嘶蛇國的入口位於地底下，而不是地面上！」

我驚訝極了，趕忙問道：「可……如果入口處位於地底下，我們該如何進去？」

油油鴉用腳爪扒扒地面，說：「入口的確存在，它的位置非常秘密，不為外界所知。嗯嗯……這麼說吧，啞啞！秘密通道就藏在一塊石頭下面！快走，我們下去吧，啞啞！」

說罷，他掀起了一塊扁平的石頭，然後就消失在秘密通道裏。

我和小斗篷決心跟隨油油鴉。雖然我害怕得鬍鬚亂顫，但仍壯着膽子踏進陰暗的秘密通道。

在狹窄的地道裏，我注意到這條樓梯是由某種特殊物料所造，踏上去時感覺滑滑的、涼冰冰的。

我們跟在油油鴉後面，一路向下、向下、向下、向下、向下、向下、向下、向下、向下、向下、向下、向下、向下……

嘶嘶蛇國

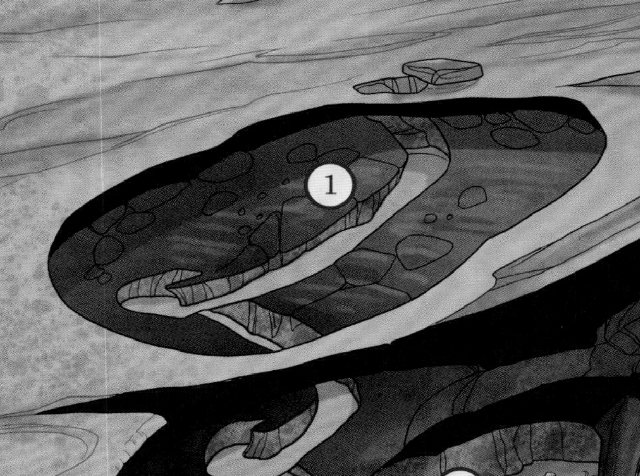

1. 入口通道
2. 眼鏡蛇洞
3. 藍蟒蛇洞
4. 翡翠蛇洞
5. 森蚺洞
6. 響尾蛇洞
7. 水蛇洞
8. 大王蛇洞
9. 蛇窟
10. 森蚺坑
11. 珊瑚蛇坑
12. 嘶嘶洞穴

11
10
5
9
6
12
7

向下、向下……向下，一路向下……向下、向下……向下、向下、向下……向下、向下……向下、一路向下……向下、向下、向下、一路向下！

我們緩緩地步向地底的深處，漸漸看見有微微的光線從通道的最底部透出來。當我們逐漸靠近時，更隱約聽到笛子聲混雜着鼓樂聲從前方傳來，讓我

昏昏欲睡……

哆哆哆，真可怕！

不久，我們走到通道的盡頭，眼前出現了一個巨大的地下洞穴廣場。廣場的四周，分別有七個黑壓壓的**洞口**通往這裏。

嘶嘶蛇國

嘶嘶蛇族屬於一個古老強大的部落——爬蟲部落。他們擁有強大的法力，不但通曉讀心術，而且更懂得催眠之術。沒有誰能對嘶嘶蛇撒謊，因為他們很快就會洞悉你的謊言！

嘶嘶蛇十分危險，因為他們的毒液足以致命。可如果你彬彬有禮，成為嘶嘶蛇的朋友，當你受傷時，他們就會幫助你使你的傷口癒合。

嘶嘶蛇的身體靈活，彈性十足，當他們一大羣一起交錯纏繞時，可以築成不同的形態，例如桌子、椅子、花瓶、樓梯……這個神奇國度裏的一切都由活生生的蛇堆砌而成的！

蛇的舌頭前端分叉，因此他們講話時會發出嘶嘶的聲響。嘶嘶蛇説話韻律十足，會讓你昏昏欲睡！

啞啞啞！
咕吱吱！
咕吱吱！

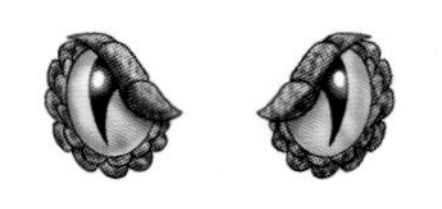

蛇眼的魔力

在洞穴廣場的正中央，燃着熊熊的篝火。火光映照在山洞牆壁上，照亮了幽暗的洞穴。

我看見前方有兩條巨蛇盤纏在一起。他們睜着閃亮的大眼，齊聲發出嘶嘶聲，說：「歡迎進入嘶嘶蛇國，你這位環遊世界的旅者！」

我上前向他們彎腰鞠躬，開始自我介紹：「我是正直無畏的騎……」

可巨蛇打斷了我的話，齊聲唱道：

「你無需多言，只需聆聽！
我們已等待多時，
嘶嘶靜待你的光臨！
我們能讀懂你的真心，
你的一切思想，無所遁形！」

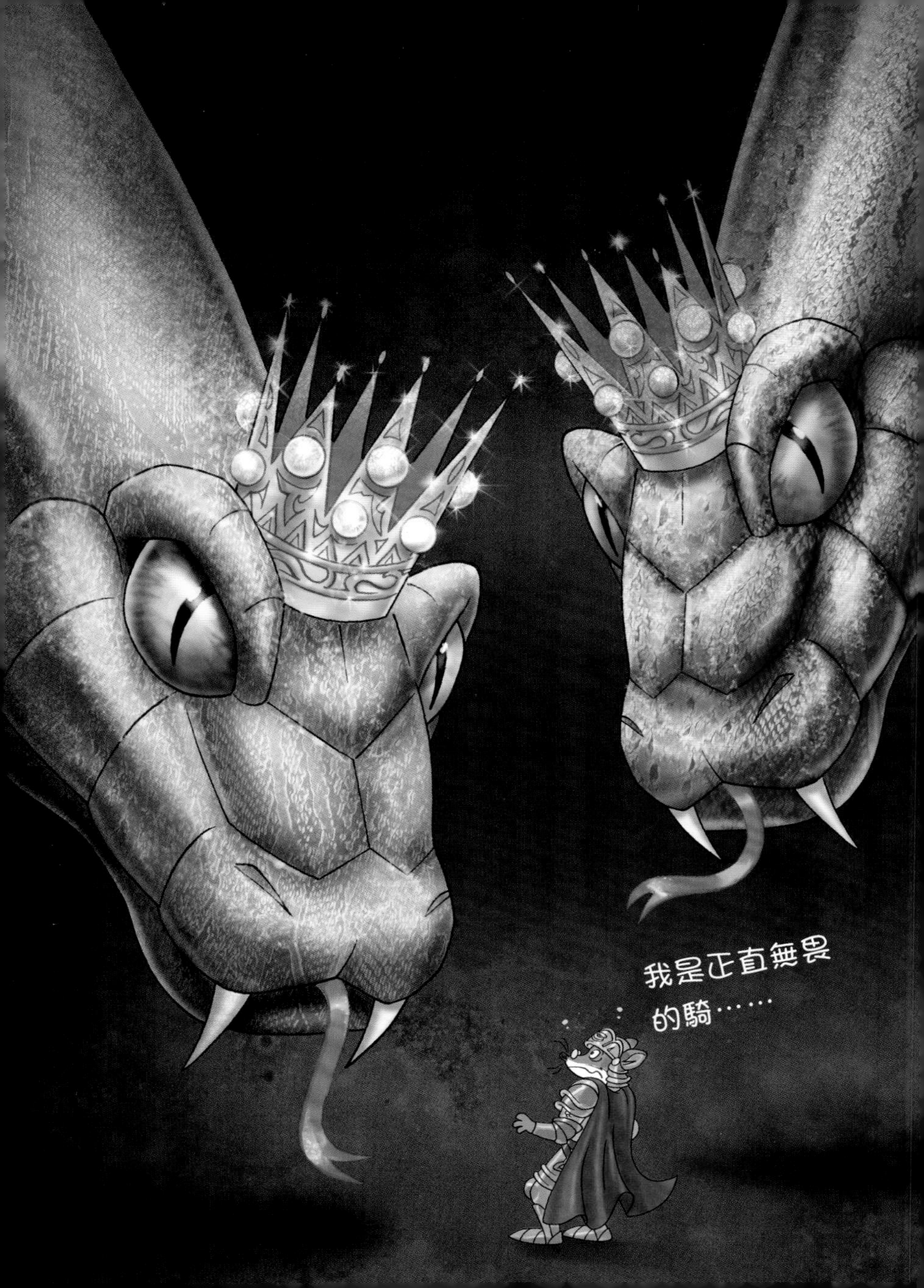
我是正直無畏
的騎……

接着，他們開始高聲重複一句話：

「蛇眼魔力嘶嘶大無邊，沒有誰能將我們騙……
蛇眼魔力嘶嘶大無邊，沒有誰能將我們騙……
蛇眼魔力嘶嘶大無邊，沒有誰能將我們騙……」

這時，我開始感到自己越來越**睏倦**……馬上就要進入夢鄉……

幸好，在旁有個傢伙（隱形斗篷）揪了揪我的右耳朵！

還有，另一個傢伙（油油鴉）啄了啄我的左耳朵。我痛得尖叫起來：

「咕吱吱！」

油油鴉在我耳邊低聲提醒：「啞啞啞，騎士你要小心，嘶嘶蛇正試圖**催眠**你！保持清醒

吧，否則你如何完成追回那三件寶物和拯救皇后**等等等等**任務，而最重要的是，你如何能付清欠我的金幣？」

我強行撐起眼皮，提醒自己別打瞌睡。

我轉向兩條巨蛇，說道：「我是正直無畏的騎士，請問你們是誰？」

他們齊聲回答：

「我們的回答嘶，簡短又明確嘶：
我們是魔法杖的衞士嘶嘶！」

我問他們：「可其他的蛇族都在這兒嗎？」

他們微微一笑，喃喃地說：

「你看不見，他們就近在眼前……
睜大雙眼，嘶嘶自然可見！」

我向四周張望……聽見一陣奇特的嘶嘶聲，彷彿無數條蛇在吐着信子……我定睛一看，才發現……在這古怪的廣場裏，一切都是由蛇纏繞而成的……地板、牆壁等一切通通都是。兩條巨蛇齊聲嘶嘶唱道：

「古老強大的嘶嘶蛇族……
我們的眼睛可將你迷住，
我們更擅長嘶嘶催眠術。
然而我們的心靈向善……
不信你可仔細觀察看，
皇后將魔法杖託付給我們，
因為我們頭腦很純真。
我們是可怕的衞士，
用魔力將對手征服……
我們就是嘶嘶蛇族，
大名遠揚受人仰慕。
與我們為敵沒出路，
而你，是敵是友說清楚！」

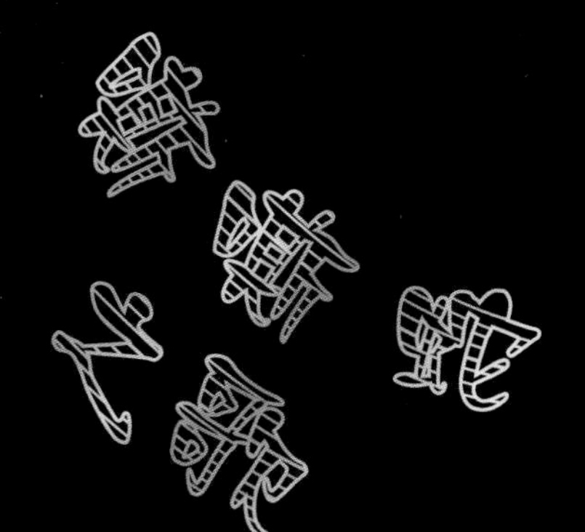

古老強大
的嘶嘶蛇族……
我們的眼睛可將你迷住，
我們更擅長嘶嘶催眠術。
然而我們的心靈向善……
不信你仔細觀察看，
皇后將魔法杖託付給我們，
因為我們頭腦很純真。
我們是可怕的衛士，
用魔力將對手征服……
我們就是嘶嘶蛇族，
大名遠揚受人仰慕。
與我們為敵沒出路，
而你，是敵是友說清楚！

古老強大的
嘶嘶蛇族……
我們的眼睛可將你迷住，
我們更擅長嘶嘶催眠術。
然而我們的心靈向善……
不信你仔細觀察看，
皇后將魔法杖託付給我們，
因為我們頭腦很純真。
我們是可怕的衛士，
用魔力將對手征服……
我們就是嘶嘶蛇族，大名遠揚受人仰慕。
與我們為敵沒出路，而你，是敵是友說清楚！

古老強大的嘶嘶蛇族……我們的眼睛可將你迷住，
我們更擅長嘶嘶催眠術。然而我們的心靈向善……
不信你仔細觀察看，皇后將魔法杖託付給我們，
因為我們頭腦很純真。
我們是可怕的衛士，
用魔力將對手征服……
我們就是嘶嘶蛇族，
大名遠揚受人仰慕。
與我們為敵沒出路，而你，
是敵是友說清楚！

偷走珍寶的神秘小偷

油油鴉發出刺耳的尖叫聲說：「對，對，對，你們數量眾多、十分強大，受人仰慕，可你們失去了**低語魔法杖**。確切地說：這寶貝就在你們眼皮下被偷走了！**啞啞啞！**究竟是誰下的手？喂，你這隻大爬蟲，你來說說，我們還有要緊的事情趕着要辦呢！我們要先查出小偷是誰，接着救出芙勒迪娜，然後返回水晶宮。只有到了水晶宮，我才能拿到屬於我的**金幣！**」

巨蛇緩緩轉向油油鴉，然後突然快如閃電撲上去咬了他一口：**吧唧！**

油油鴉發出慘叫：「**哎喲，好痛啊！啞啞啞**……」

他一頭倒在地上，身體僵硬不動了。

我大聲疾呼：「求求你們，救救我的朋友吧！」

兩條巨蛇**扭動**着身體，回答我：

「嘶嘶，誰讓他沒教養，罪有應得莫猖狂！」

我再次請求：「他並非存心冒犯你們……求求你們，救救我的朋友，並告訴我誰是偷**低語魔法杖**的小偷！我肩負着尋回寶物的重任！因此每一秒都十分珍貴，因為我們的芙勒迪娜皇后危在旦夕！」

兩條巨蛇轉身爬向其他眾蛇，低聲討論起來，廣場裏的氣氛變得十分凝重。不久，眾蛇總算達成一致，他們齊聲唱道：

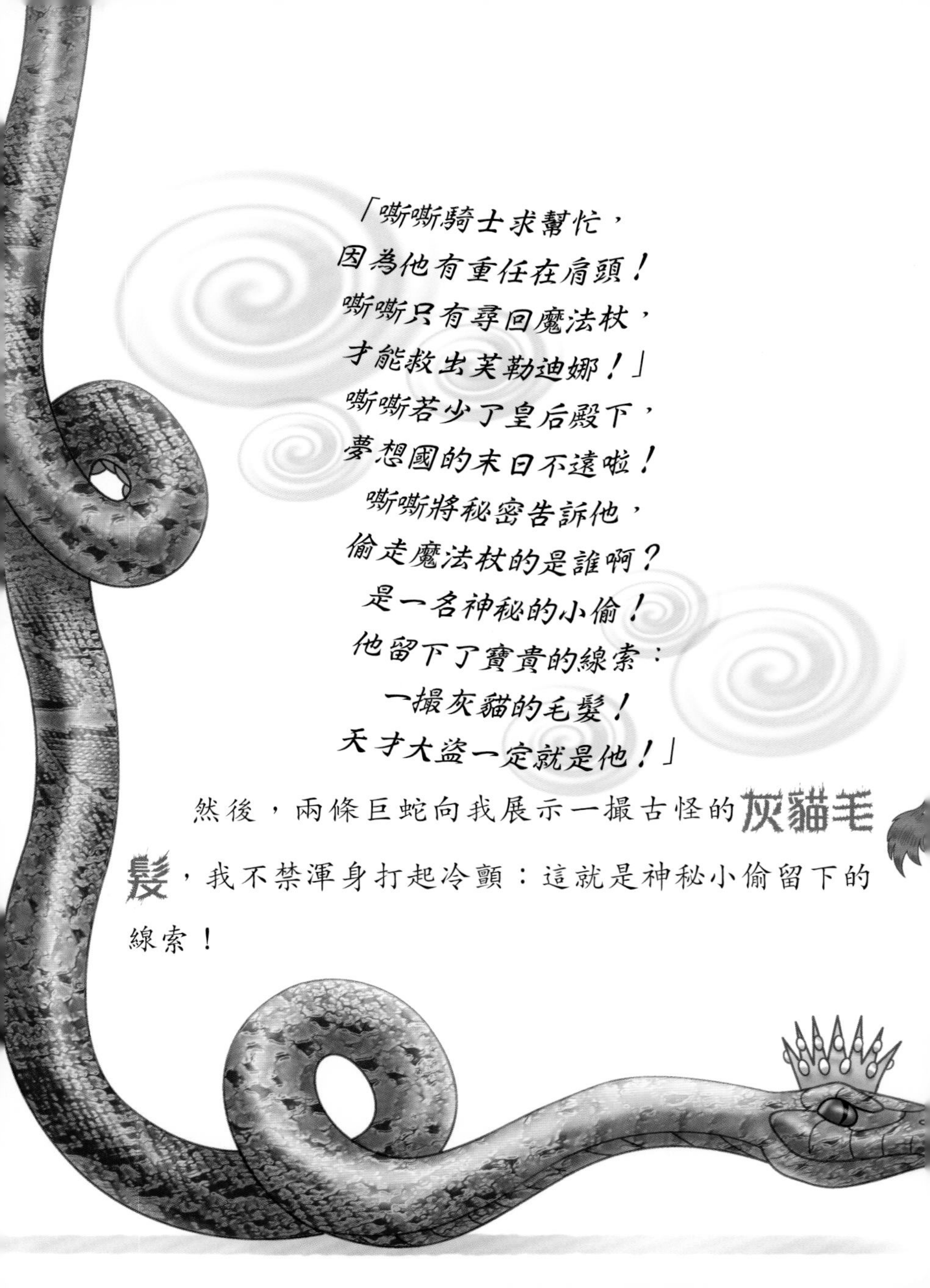

「嘶嘶騎士求幫忙，
因為他有重任在肩頭！
嘶嘶只有尋回魔法杖，
才能救出芙勒迪娜！」
嘶嘶若少了皇后殿下，
夢想國的末日不遠啦！
嘶嘶將秘密告訴他，
偷走魔法杖的是誰啊？
是一名神秘的小偷！
他留下了寶貴的線索：
一撮灰貓的毛髮！
天才大盜一定就是他！」

然後，兩條巨蛇向我展示一撮古怪的**灰貓毛髮**，我不禁渾身打起冷顫：這就是神秘小偷留下的線索！

巨蛇們掰開油油鴉的喙，往他嘴裏倒進一滴**紅色**液體：原來是蛇毒的解藥！

油油鴉嚥下解藥後，總算睜開了眼睛，他梳梳羽毛，撲騰兩下翅膀，又開口說話了：「啞啞啞！」

我跑上前問候他：「我的烏鴉朋友，你沒事嗎？」

這時，油油鴉生龍活虎地復活了，高聲嚷嚷：「誰是你的*朋友*？別自以為是啦！你對我來說，就是一袋金幣的象徵！」

我不介意油油鴉不把我當朋友，只要他恢復健康就好。

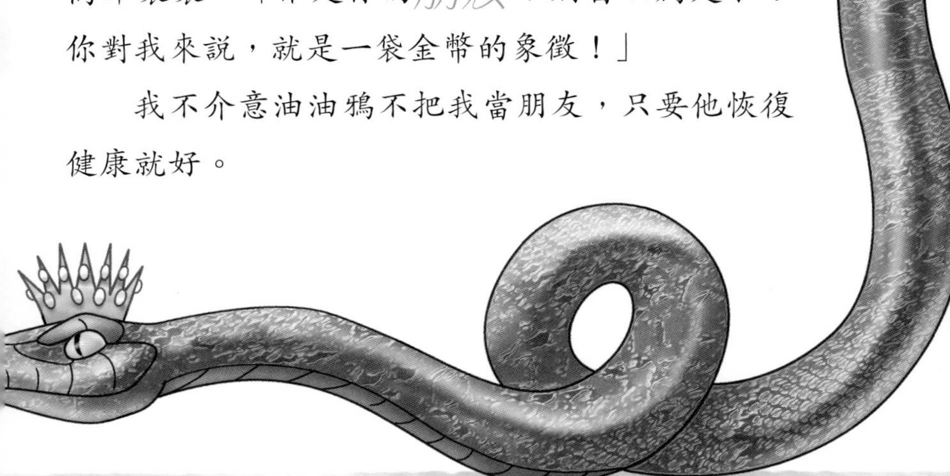

我們與嘶嘶蛇國的民眾道別後，就沿着狹窄陡峭的通道爬到地面。

我們重新騎上隱形斗篷。雖然夜幕已降臨，我們仍繼續飛行。

儘管我內心並不清楚將飛向何方：眼下我已找到三條線索，為我勾勒出小偷的特徵。

現在我必須查明他是誰……

他藏身於何處……

以及他為何要偷那三件寶物！

這就是我找到的
奇怪線索……
一枚奇怪的
金色帶扣
一根奇怪的
孔雀羽毛
一撮奇怪的
灰貓毛髮

嗚嗚嗚，我們到了……靴子貓國！

我們在漆黑的夜空中飛行，不知前往何處，直到我們發現自己被一片灰色濃霧包圍着。

油油鴉驚叫起來：「啞啞啞，我連自己的喙也看不見啦！」

我**驚恐**地發現了一個可怕的事實：我們迷路了……

小斗篷害怕地嘟囔着說：「**哇嘰，嘰嘰嘰嘰！**」*（騎士，我想回家！）*

我們在濃霧中飛行着，視野時隱時現，我霎時看見地面是一片起伏的山丘，山上布滿了鬱鬱葱葱的草坡。

這是哪裏呢？

我毫無頭緒……

我在霧中依稀看到一個洞穴……

啞啞啞！
哇嘰嘰！
一個洞穴！

油油鴉建議說：「我們在這兒休息一個晚上吧，騎士，夜間飛行十分危險……啞啞啞！」

我喃喃地說：「呃……我不認為那個山洞安全……萬一有人悄悄冒出來，揪住我的尾巴怎麼辦？」

油油鴉聳聳肩說：「啞啞啞，你不必太擔心自己的尾巴！這最多是尾巴被吃掉，又怎樣呢？我這裏有各種各樣的假老鼠尾巴可以賣給你！只要你簽個名，我……」

我惱火地尖聲說：「夠啦！別再哄我簽名！別再逼我簽付款合同，別再騙我啦！我受夠啦！」

就這樣，一整夜我都嚇得無法入睡，直到黎明時分，我才合上雙眼。

可沒過多久，油油鴉就把我叫醒：「啞啞啞，看看誰來了！」

只見兩個身影沿着小徑朝我們走來，待他們走近，我們才發現……是兩隻貓，兩隻穿靴子的貓！

哆哆哆，好可怕！

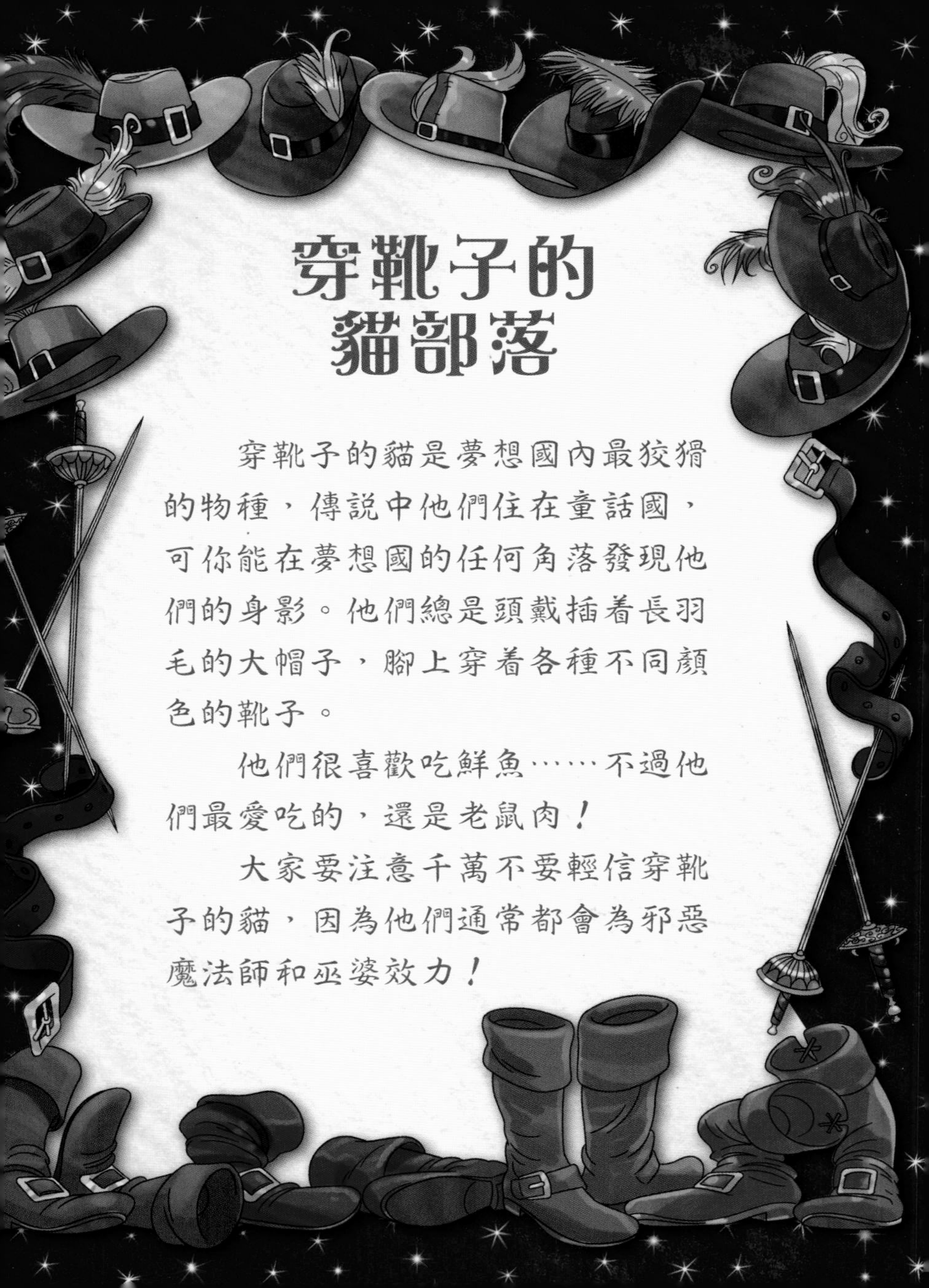

穿靴子的貓部落

穿靴子的貓是夢想國內最狡猾的物種，傳說中他們住在童話國，可你能在夢想國的任何角落發現他們的身影。他們總是頭戴插着長羽毛的大帽子，腳上穿着各種不同顏色的靴子。

他們很喜歡吃鮮魚……不過他們最愛吃的，還是老鼠肉！

大家要注意千萬不要輕信穿靴子的貓，因為他們通常都會為邪惡魔法師和巫婆效力！

這兩隻貓一個又**高**又**瘦**，帽子上插着三根老鷹羽毛，而另一個則又**矮**又**胖**，一身灰色的毛髮，帽子上插着兩根孔雀羽毛。他們倆都穿着彩色的高長靴。

小斗篷指指那隻矮胖貓，對我說：*「哇哇嘰！」（看看他！）*

我仔細打量着那隻貓，發現其古怪之處……

我發現那隻灰貓的一隻**靴子**上少了一枚金色帶扣，其款式和我在芙勒迪娜書房中拾到的那枚是一模一樣的！

而他帽子上的**孔雀羽毛**，也和我在紅寶石龍國得到的那根古怪羽毛一模一樣！

他的尾巴上少了**一撮灰毛**，正和我在**嘶嘶蛇國**取得的那撮毛一模一樣！

我喃喃地說：「他正是我們在追查的小偷！」

那隻矮胖貓向身邊的伙伴吹噓，說：「你聽說了嗎？夢想國裏最**珍貴**的三件寶物被盜走了。哈哈哈，我知道**誰**偷了它們，**為什麼**要偷它們，還知道這些寶貝藏在**哪裏**（*那可是個***非常非常***神秘的地方！*）我正準備去那兒呢，你知道嗎？老實說，我可真是舉足輕重、膽大包天啊！非常膽大包天！」

另一隻貓恭維他說：「沒錯，喵喵！你一看就知是非等閒之貓！你的確舉足輕重、膽大包天，喵喵喵！」

油油鴉嘟囔着說：「唔唔唔，我們要尾隨他們……他們會徑直徑直徑直把我們帶到收藏寶物的地方，啞啞啞！」

向西而行

矮胖貓告別了他的同伴後，徑直向西走去。我們保持距離跟在他的後面，既不能太接近給他發現而暴露行蹤，又不能距離太遠跟丟了他。

只要一想到被他發現後的下場，我就感到不寒而慄。畢竟我是一隻……老鼠啊！

我們跟蹤了他三天，一直向西前行。我不時翻閱夢想國的地圖，卻始終無法確定我們正在前往何處。

而那隻貓不時狐疑地聞聞，看來就像是嗅到了老鼠的氣息……哆哆哆！萬幸的是，他繼續往前走，似乎什麼也沒發生。

我們一路上躲在隱形斗篷身旁，每當有風吹草動，便立刻隱藏起來。

到了第三天，我一直害怕的情況終於發生了。那隻貓時不時突然回頭，令我們提心吊膽。

喵！

我們嚇得立刻狼狽地躲在隱形斗篷身後：油油鴉拉住斗篷的一端，而我就抓住斗篷的另一端。一個往這邊**拉**，一個往那邊**扯**！

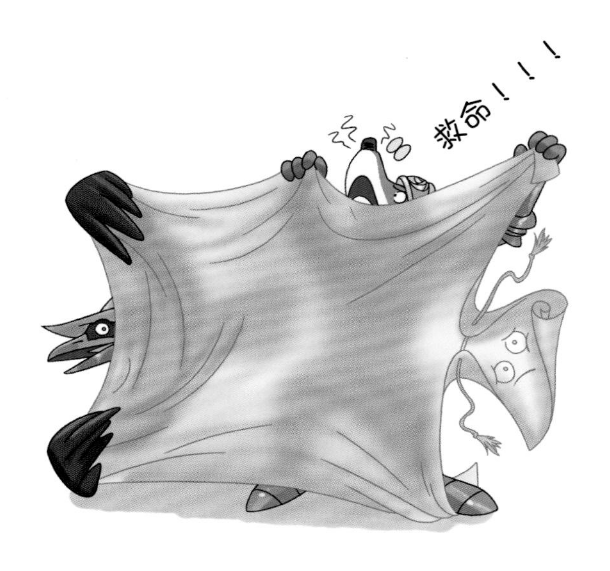

萬一那隻大肥貓看到我們怎麼辦？咕吱吱！

不一會兒，我們來到一塊路牌前，上面用夢想語*書寫了一行字……你能讀懂上面寫了什麼嗎？

不久，我總算明白那大肥貓古怪舉動背後的原因……我鬆了一口氣，說：「啊，原來那肥貓並沒有聞到老鼠的氣味！他之所以不時地轉身，是因為害怕跳蚤的侵襲！」

恰恰在此時，一大羣跳蚤對我發起猛攻。很癢啊！

*請參照第324頁的夢想語詞典。

我撓啊，撓啊，撓……

同時繼續走啊，走啊，走……

隨着我們一路向西前進，沿途景色變得越發古怪，越發蒼涼，越發透出陰鬱的氣息……

油油鴉嘟囔着說：「啞啞啞！向西走景色一直如此，尤其是在離千影之國越來越接近時……」

我翻閱地圖，才發現我們一直向着一個地方走去，那就是黑暗的千影之國！

在第七天的黃昏時分，我們走入一片山谷，這裏有七座尖尖的山峯包圍着。

夕陽散發着紅色光芒，把山峯的影子拉得很長很長。

我們就這樣抵達了……千影之國！

千影之國

啞啞啞！
咕吱吱！
哇嘰嘰！

千影之國
4
7
12
1
3
2
1. 落日谷
2. 不歸峽
3. 黃昏谷
4. 思鄉山
5. 千影塔
6. 孤獨森林
7. 苦澀塘
8. 失望墳
9. 洩氣峯
10. 啜泣峽
11. 絕望平原
12. 遺憾塘
13. 悲傷峯

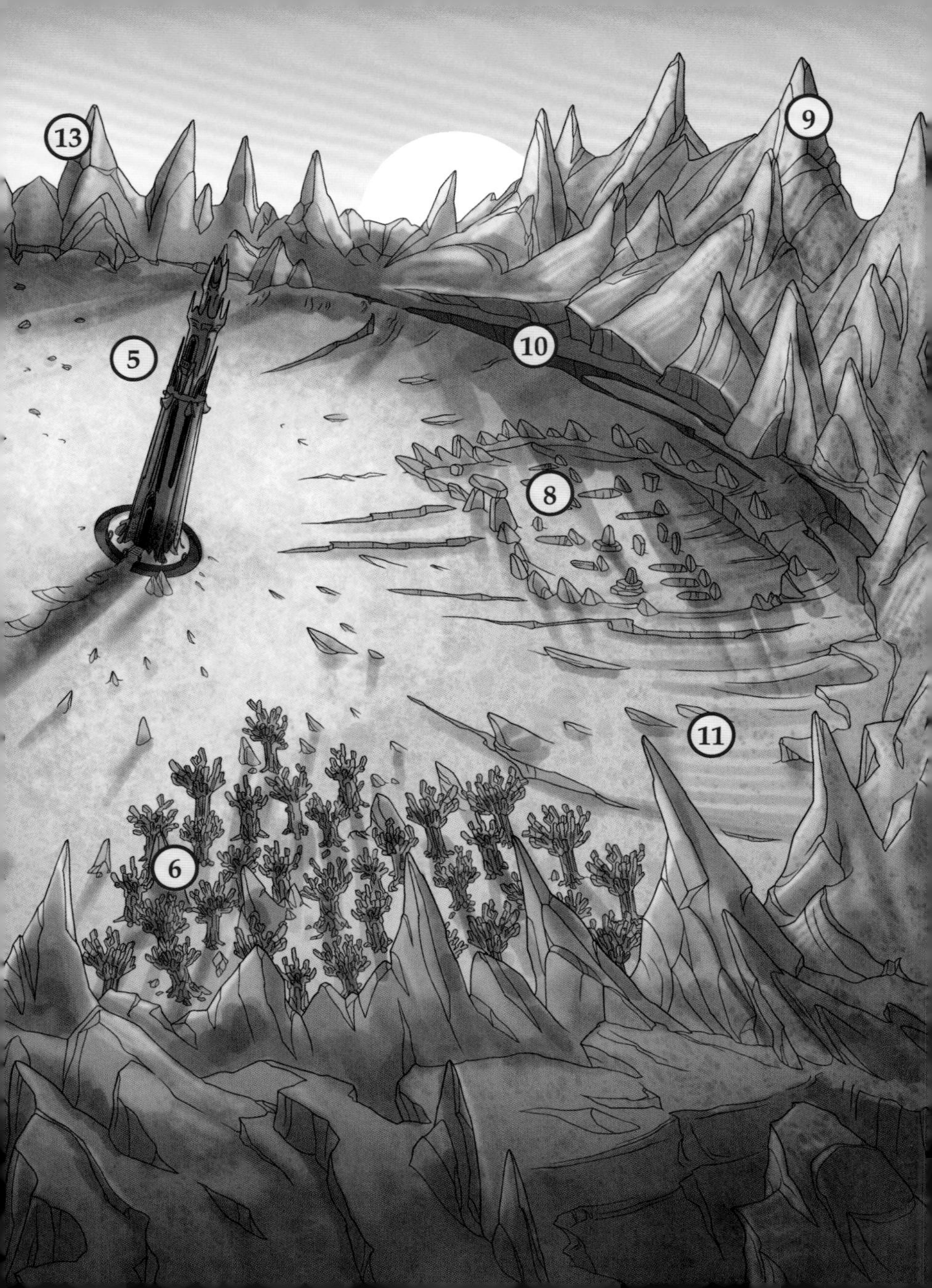
13
9
5
10
8
11
6

招聘……魔法師助理！

我過了一會兒才明白，在這個陰鬱的國度裏，太陽既不會升起，也不會落下，而是**一直**懸掛在空中……使萬物**一直**投出長長的影子！

哆哆哆，這真是個讓我不寒而慄的地方！

此時，油油鴉指指山谷中央**聳立**着的一座建築。

「**騎士**，你看到那座高聳如雲的塔了嗎？那就是黑鬍子魔法師的住所——千影塔！你看！那隻穿靴子的肥貓要鑽進塔內啦！」

哆哆哆，真可怕！

看着那座陰森詭秘的高塔，讓我不禁渾身發抖……

我們逐漸接近那座建築，我心中的不安變得越發強烈，轉化成深深的**恐懼！**原來整座建築是由陰森的陰影構成的！

整座塔由**影子**磚砌成，再由**影子**灰漿刷成。它的塔頂是**影子**，塔門是**影子**，窗户是**影子**，甚至連塔門口掛着的鈴鐺和門前的地墊也是**影子**來的……

我們來到**千影塔**前，我瞥見**影子**塔的大門上掛着一塊**影子**般黑漆漆的告示牌，上面用**影子**墨水寫着幾行字……

油油鴉大叫道：「騎士！看來有辦法混進塔裏了：你只需應徵做魔法師助理！」

他打開隨身攜帶的小箱子，嘟囔着道：「**啞啞啞**，你需要一身十分高明的喬裝道具……一套**貓咪**的道具！你只需付我**三十枚金幣**就行！」

① 穿上一身假貓咪毛皮道具……

② ……在我屁股上釘了根貓咪尾巴……

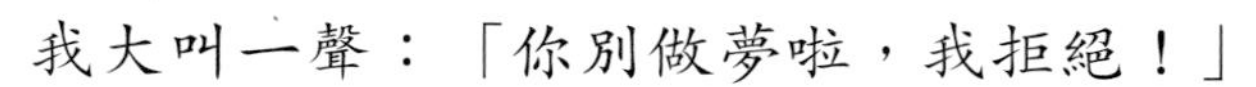

我大叫一聲：「你別做夢啦，我拒絕！」

我話音還沒落，油油鴉已經拿起一塊沾滿「貓咪香水」的海綿往我身上塗。

「這是為了掩蓋你身上的鼠味，啞啞啞！」

説着，他慫恿我穿上一身假貓咪毛皮道具，又在我屁股上釘了一根貓咪尾巴，再在我臉上貼上幾根長鬍鬚，還給我配上了貓咪的尖耳朵。然後，他為我套上一件鑲了金邊的綠色天鵝絨外套。

接着，他遞給我一雙靴子，一頂插着羽毛的大帽子，並在我腰帶上掛了一把銀劍。

最後，他遞給我一面**鏡子**：「你覺得這身絕世裝扮如何？這下就連你的奶奶也認不出你啦！**啞啞啞！**」

我望着鏡中的自己，驚恐地叫起來：我簡直變成了一隻真正的**貓咪**！

⑤ ……一雙靴子，一頂插着羽毛的大帽子……

⑥ ……再來一把銀劍！

隨後，他遞給我一盤煙熏三文魚餡餅，就將我推向千影塔大門。

小斗篷想隨我同去，卻被油油鴉阻止了：「你留在這兒，萬一你放臭臭，被他們發現就慘了！」

油油鴉囑咐我：「你和那肥貓拉拉關係：說自己也是來自靴子貓國，再把這餡餅送給他！他一定會熱情待你的！」

⑦ 我望着鏡中的自己……咕吱吱，真可怕！

⑧ 我準備好面對黑鬍子魔法師啦！

送給牛皮喵的一盤餡餅

我手爪顫抖地敲敲塔門，一把聲音從裏面高叫回應：「來者是誰？誰在敲門？誰在製造噪音？嗚嗚……」

我的心裏七上八下！

我偽裝成一把尖細的聲音說：「呃，我是……其實是一隻貓咪，來自靴子貓國，想……」

我話音未落，千影塔的大門就徐徐打開了，開門的正是我們一直在跟蹤的那隻灰色肥貓。

他的體形又矮又胖，像一個大酒桶一樣圓滾滾的，長滿一身肥肉。他的鼻子肥鼓鼓，他的耳朵肥鼓鼓，他的肚皮肥鼓鼓，他的屁股肥鼓鼓，他的尾巴肥鼓鼓……就連他的鬍鬚也肥鼓鼓！

牛皮家族的牛皮喵

他是誰：他是一隻又矮又胖的灰貓咪，來自牛皮家族。他的綽號是「妙手神偷」，因為他開鎖的技藝十分高超！

他做什麼：他多年來一直擔任黑鬍子魔法師的助理，並和魔法師一起住在千影塔內。

他的個性：喜歡說謊話，熱愛吹牛，性格虛榮，謊話連篇，肆無忌憚。而且，他極為貪吃！

他的弱點：他自稱為「千影塔之主」，可在真正的主人——黑鬍子魔法師面前，他會變得像綿羊一般溫順……他很害怕主人！

他的秘密：他喜歡收藏各系列的不同顏色的靴子，提起這些靴子就津津樂道。

他的口頭禪：今日一副魚骨……勝過明日一盤魚肉！

牛皮喵身穿一件紅色天鵝絨外套，上面沾滿了油污和各種食物的污漬：吞拿魚醬（我從一根魚骨上認出來），櫻桃蛋糕餅碎（我從餅乾碎上認出來），還有乳酪沙律（我從一股香味中認出來）。

他招呼我說：「我是**牛皮喵**，你尊姓大名？」

我戰戰兢兢地回答：「呃，我嘛……其實是……我是你的*同鄉*，我也是來自靴子貓國的。看到我腳上穿的靴子了嗎？我特地製作了一盤三文魚餡餅送給你……因為我想毛遂自薦，應徵成為

魔法師的助理！」

他拍拍我的肩膀，熱情地說：「嘿，**同鄉**，快請進！能看到來自家鄉靴子貓國的面孔，真是太

好了！我在這裏多年，每天看到的只有

影子
影子
影子……」

隨後，他抓起餡餅，把它撕成幾塊，便風掃殘雲地吃下肚了。

「呱唧、呱唧唧、呱唧唧唧唧，我最愛吃三文魚啦！」

突然，牛皮喵停頓片刻，嗅嗅空氣，狐疑地問：「朋友，你聞聞，你聞到老鼠的氣味嗎？」

我趕忙否認：「呃，我什麼也沒聞到！」

他嘟噥着說：「咦，奇怪……總之，多謝你的美味餡餅！這裏的伙食很差，只有影子餡餅，當地人什麼也不會做……哎，在我們家鄉——靴子貓國，大家的伙食好多啦，對吧！」

我附和說：「啊， 那是當然，的確如此，靴子貓國的美食天下第一！對了，你看看我夠資格成為一名**魔法師助理**嗎？」

他朝我眨眨眼睛。

「那是當然啦！我會助你一臂之力！」

我喵喵答謝：「哎喲，我真是一隻幸運的鼠……貓咪！請你告訴我，這份工作的職責是什麼？」

他向我解釋：「魔法師助理的工作時間，是從早晨七點到下午五點；月薪三枚弗洛林金幣。食宿全包（*不過，每餐的主菜永遠遠遠只是***影子**。*喵*

嗚，你會習慣的！）」

他停頓片刻，再次嗅嗅空氣，狐疑地問：「朋友，你聞聞，你真的沒有聞到**老鼠的氣味**嗎？」

我趕忙否認：「呃，我什麼也沒聞到！」

他嘟囔着說：「咦，太奇怪了……總之，我會想法把你介紹給**黑鬍子魔法師！**」

牛皮喵一邊向前走，一邊向我吹噓：「其實**千影塔**真正的主人是我，才不是什麼黑鬍子魔法師……我們貓咪是最厲害的！你說是不是啊，朋友？」

我急忙奉承他說：「沒錯，的確如此，朋友，不過……說到底，**黑鬍子魔法師**是一個怎樣的人呢？」

他爆發出一陣大笑，說：「哈哈哈，喵！**他**呀，性格十分古怪，有很多癖好， 不過這些都是**秘**

密，我什麼也不能説……」

最後，他還是沒忍住，低聲透露説：「告訴你關於黑鬍子魔法師的幾個小秘密……總之，朋友，你要知道……**他**剛剛偷了*（當然是在我的鼎力相助下）*夢想國的三件魔法珍寶……只要運用那三件寶貝，無論什麼都會『噗』一聲人間蒸發！他將那些寶貝藏在千影塔內，不僅如此……不過，我不能吐露更多啦！總之你要知道，**他**為人十分危險，十分強大，而且……十分容易激動！」

我聽了直打哆嗦。

我以一千塊莫澤雷勒乳酪的名義發誓，我的處境太不妙了，眼下我唯一的同盟……居然是一隻貓！

一想到此刻的處境，我就緊張得快昏過去……

黑鬍子魔法師

他是暗黑王朝的後裔。他的父親是赫赫有名的幻術國國王——**矇騙魔法師**，而他的母親是迷夢國的公主**夜梟魔法師**。

沒有誰知道他的真正名字，大家只知道他留着如烏鴉羽毛一般漆黑的**長鬍子**，於是就叫他「**黑鬍子魔法師**」。

黑鬍子是夢想國內行蹤最神秘的魔法師。為了躲避敵人，他長期隱居在謎一般的國度——千影之國，居住在神秘的城堡——**千影塔**內。

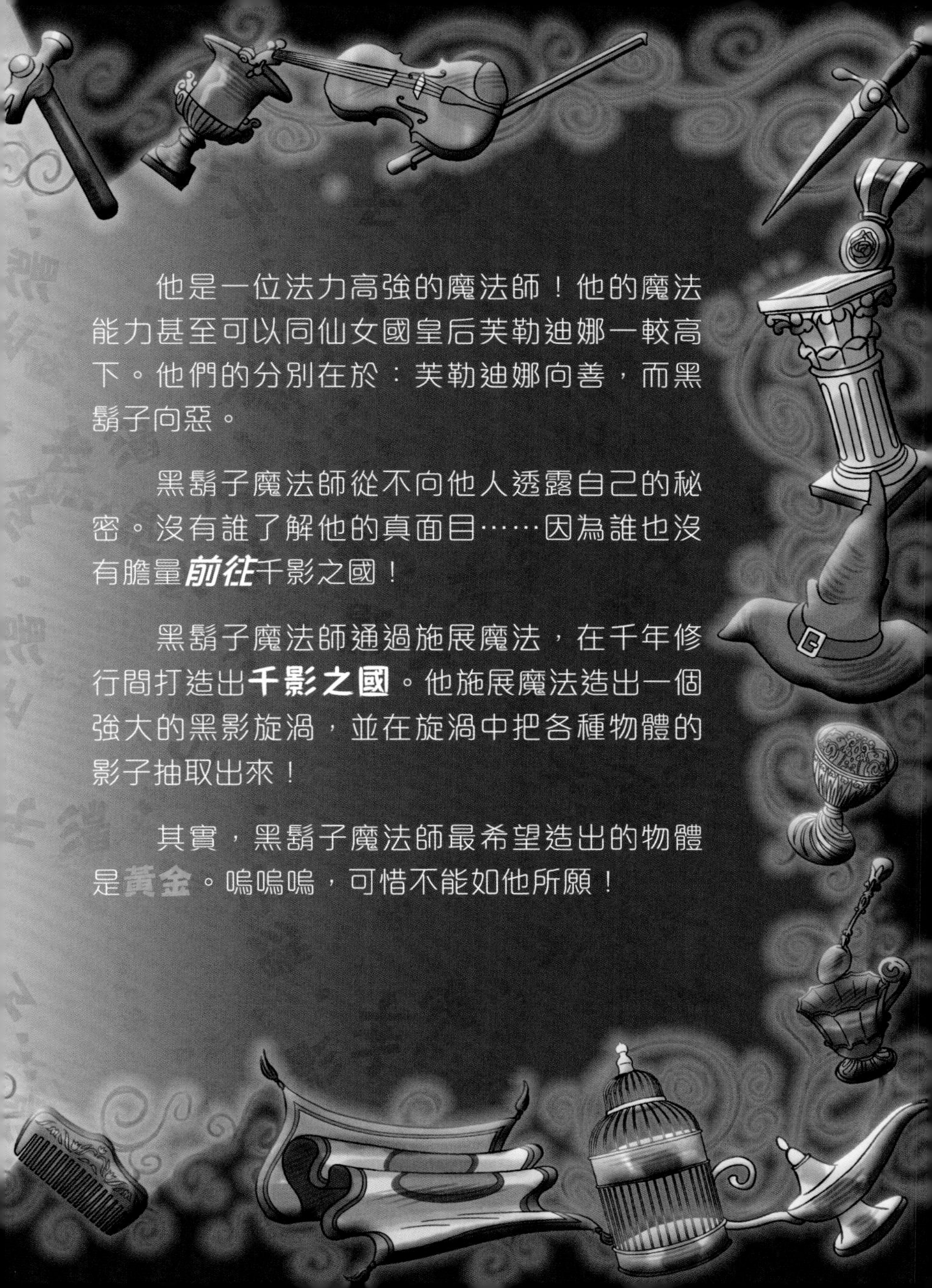

他是一位法力高強的魔法師！他的魔法能力甚至可以同仙女國皇后芙勒迪娜一較高下。他們的分別在於：芙勒迪娜向善，而黑翳子向惡。

黑翳子魔法師從不向他人透露自己的秘密。沒有誰了解他的真面目……因為誰也沒有膽量***前往***千影之國！

黑翳子魔法師通過施展魔法，在千年修行間打造出**千影之國**。他施展魔法造出一個強大的黑影旋渦，並在旋渦中把各種物體的影子抽取出來！

其實，黑翳子魔法師最希望造出的物體是**黃金**。嗚嗚嗚，可惜不能如他所願！

黑影旋渦

牛皮喵第三次停下來，嗅嗅空氣，狐疑地問：「朋友，你聞聞，你真的沒聞到老鼠的氣味嗎？」

我趕忙否認：「呃，我真的什麼也沒聞到！」

就在此時，牛皮喵頭上的鈴鐺響了起來：「叮鈴鈴，叮鈴鈴，叮鈴鈴鈴！」

牆壁上掛着的大喇叭裏傳出了雷鳴般的吼聲：「牛皮喵，你在哪兒？速速過來給我擦靴子！」

牛皮喵的臉漲得如同辣椒一樣紅，唯唯諾諾地應答：「我在，黑鬍子魔法師，當然，黑鬍子魔法師，我馬上趕到，黑鬍子魔法師！！！」

隨後，他抓住我的尾巴，拖着我疾走，上氣不接下氣地吆喝着：「同鄉，跟我來，你馬上就有機會見到黑鬍子魔法師了！」

我尖叫回答：「呃，我就在你身後，喵喵喵喵！！！」

牛皮喵拖着我穿過走廊，穿過大廳，越過一級級**影子**台階，所經之處全部是**影子**，也只有**影子**。

我們終於進入了……**千影塔！**

9
8
7
6
1. 影子大門
2. 影子舞蹈大廳
3. 影子接待大廳
4. 影子圖書館
5. 影子寶座大廳
6. 魔法師秘密工作室
7. 影子卧室
8. 黑色旋渦大廳
9. 謎之屋（沒有人知道裏面裝着什麼）
10. 千影塔地下通道

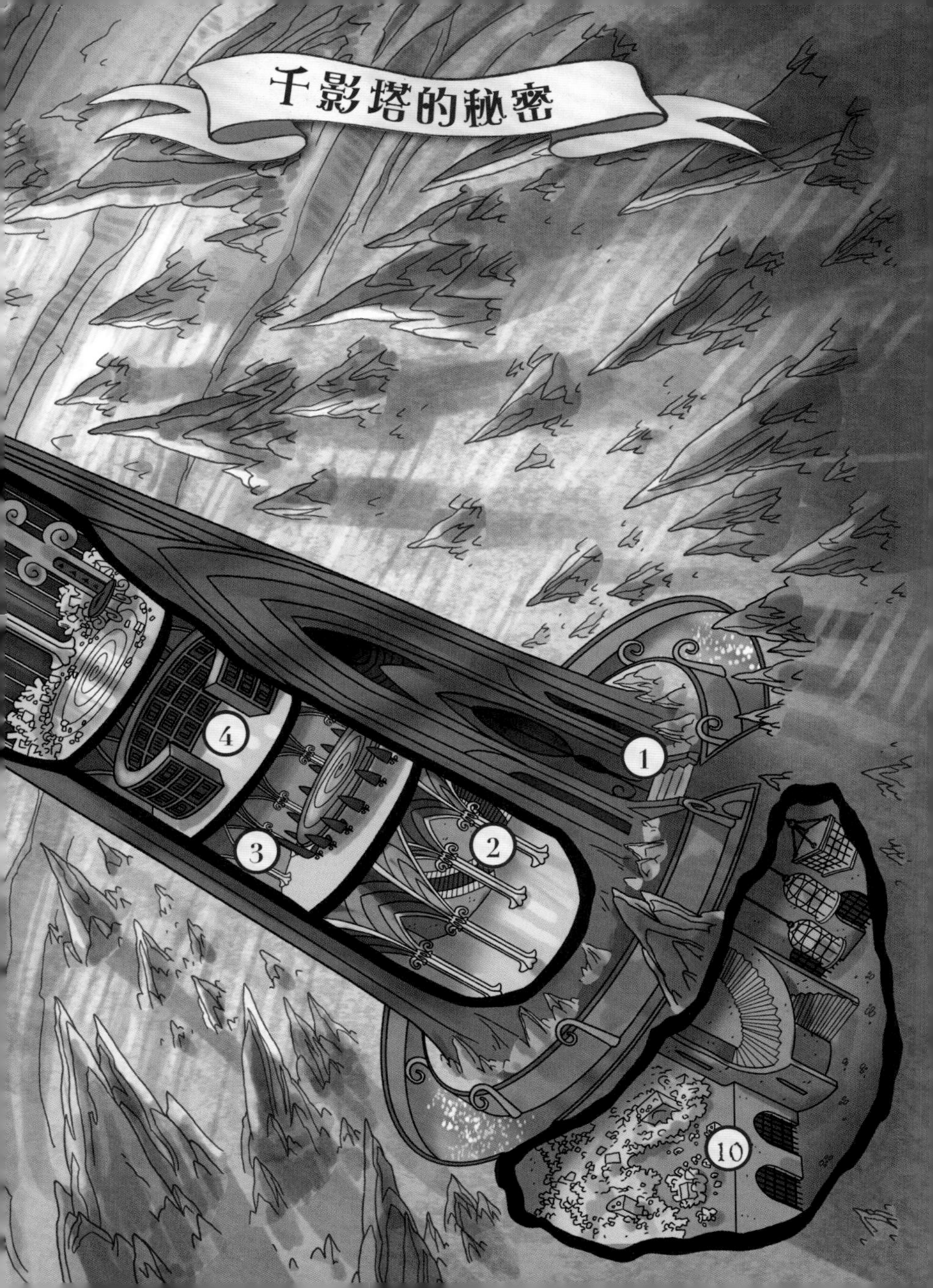
千影塔的秘密
1
2
3
4
10

在這座神秘的塔內，一切都是以**影子**製造的：地板、牆壁、天花板、門窗……不過，還有一些用金子製成的燈飾和家具點綴在其中，因為黑鬍子魔法師酷愛**黃金**這種珍貴的金屬。

最奇特之處在於：每個**影子**都的確存在，並且顏色有深有淺，從漆黑色到淺灰色……

你們能想像自己置身於這樣的環境中嗎？在影子桌上用餐，桌上擺放着以**黃金**和**影子**製成的飾物，和以**黃金**和**影子**製成的餐具，就連當中的飲料也是以**黃金**和**影子**釀製而成的呢！

然而，當中最可怕的景象是：我們一轉角，就發現自己身處在一個巨大的圓形大廳內，廳內**漆黑**一片。

我感覺自己被捲入了龍捲風的暴風

眼內！**冷得渾身直哆嗦。**

哆哆哆哆！好可怕啊！！！

在大廳內，有一個不斷旋轉的旋渦，旋渦中央站着個古怪的人。

因為他背對着我，所以我無法看清他的面容。只見他對着旋渦不斷地揮舞雙臂，並照着一本神秘的書籍，嘴裏低聲唸叨着什麼咒語……

他每唸出一個詞，旋渦裏就拋出一件……影子物品！

他焦躁地高喊：「**影子，影子，影子**，還是**影子！**你為什麼不能變成黃金？」，然後將剛剛變出來的影子物品丟在地上！

魔法師從旋渦裏變出了各種各樣的影子物品，比如玻璃杯、書籍、畫、甚至還有珍貴的寶貝，比如項鏈、耳環和皇冠……可沒有一樣是黃金製成！

影子，只有影子！

牛皮喵神氣地對我低語：「你看到我的主人所展示的魔法神技了嗎？多虧了這個影子旋渦，他能夠變出任何東西……或者說幾乎任何東西！因為……呃……他無論如何也變不出黃金，他為此十分生氣！」

那個魔法師轉過身，我這才得以好好看清楚他的容貌……他個子很高，瘦骨嶙峋，一雙眼如碳一般黑，像鈎子一樣銳利。他戴着一頂尖帽，穿着一件拖尾長袍。

那長袍是夜空般的深藍色，上面繡了一顆顆金色的星星圖案點綴，在幽暗的大廳裏散發出點點光芒。

他臉上的黑鬍子十分濃密，一直垂到地面，上面還打着一個個小髻……

他的一身打扮最吸引我的，是他在左手小指上佩戴着的一枚金戒指，上面刻有旋渦形狀的圖案……魔法師正是用這枚戒指來施展魔法！！！

我就把你變成長滿膿包的癩蛤蟆！

牛皮喵動作誇張地深深一鞠躬，**鬍鬚**都擦到地板了，他說：「黑鬍子魔法師，我尊敬的主人和陛下，魔法師中的翹楚，總之，首領，你剛剛在召喚我嗎？喵喵喵喵！」

黑鬍子魔法師嚴厲地注視着他：「你這個大混球，大懶蟲，**長滿跳蚤的熊**，我每次搖鈴召喚你時，你給我跑過來，滿身肥肉抖起來，明白嗎？下次你若還這麼遲，我就把你變成**長滿膿包的癩蛤蟆！**」

牛皮喵趕忙求饒，哀求說：「求求你，不要啊！救救我喵喵！」

然而，黑鬍子魔法師已把剛才說的話拋在腦

後，因為此刻他的注意力全在……**我**身上！

他厲聲喝道：「你是誰？老實交待，休想瞞過我！」

我哆嗦着回應說：「呃，陛下，我是說**魔法師大人**，我，其實，是來應聘新的魔法師助理……」

牛皮喵趕忙向他介紹我：「首領，這是來自我家鄉——**靴子貓國**的同鄉。我家鄉的貓咪都是很出色的，把事情交給他一定能信得過！」

魔法師嘀咕：「啊，你是說他來自靴子貓國？不過，我的魔法師直覺告訴我，這貓咪有些**奇怪……**」

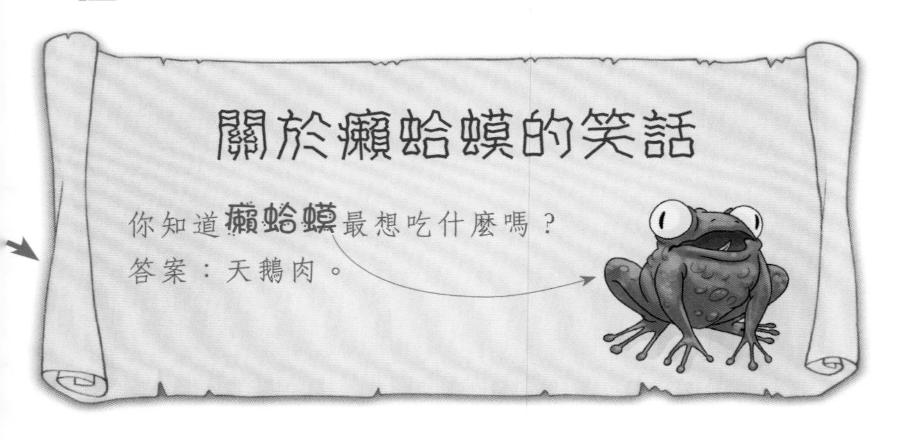

他瞇縫着**眼睛**盯着上下打量着我，看得我毛骨悚然！他突然嗅嗅空氣問：「牛皮喵，你說說，難道你沒聞到老鼠的氣味嗎？」

牛皮喵尖叫說：「我當然聞到了**老鼠的氣味**，我已經和這同鄉說過好幾次啦！」

我絕望地否認：「沒有，我什麼也沒聞到啊！」

幸運的是，此時**黑色旋渦**突然旋轉起來，黑鬍子魔法師的注意力頓時轉移了。

「哼，我沒時間在這裏閒扯！就是你，快把合同**簽**了，從今日起你就是我的魔法師助理！」

魔法師助理工作合同

我發誓：

- 不會亂開櫃門！
- 不會在抽屜裏亂翻！
- 不會從鎖孔裏偷看！
- 不會在未經允許的情況下變魔法！
- 不會變更圖書館內的藏書位置！
- 除了必須清潔、必須除塵、必須擦亮的東西外，不會碰任何物品！
- 不會在工作期間上廁所！
- 不會用手挖鼻孔！
- 最重要的是，不會窺探黑鬍子魔法師的私隱！

我的月薪是三枚弗洛林金幣。

簽名

牛皮喵帶我來到一扇影子大門前，上面用影子墨水寫着幾行大字：

我推開門，發現自己置身於一個黑暗的房間，房間的書架上堆滿了*魔法*書籍……牆上的層架擺滿了*魔法*物件……桌子上排滿了*魔法*器具……總之，即使像我這樣對*魔法*一無所知的小老鼠，也一眼看出這裏就是*魔法師的工作室*……

牛皮喵吩咐我：「同鄉，現在輪到你開始進入第一天**魔法師助理**的生涯啦！你可要好好幹，別敗壞我們家鄉的名聲！靴子貓國萬歲！」

我有氣無力地哼哼：「嗯，靴子貓國萬歲！不過……我現在該做什麼呢？」

他哈哈大笑：「啊，**魔法師**需要幫忙時，他就會告訴你有什麼任務。若是他對你滿意，會付給你三個**弗洛林金幣**呢！不過，你可要小心點，萬一你觸怒了他，他就會『噗』地一聲讓你立刻消失。」

就在這時候，黑鬍子魔法師回來了……

好好幹，同鄉！
好吧，我會盡最小……
我是說最大的努力！

房間裏有六頂影子
帽子，其中一頂被魔法師
藏起來了，你能在圖中
找出它藏在哪兒嗎？
這就是我的秘密工作室！
答案參見
第325頁。

神秘的銀色鑰匙……

魔法師向我展示他的工作室，**連珠炮發**地對我下令，說：「看見那些蒸餾器了嗎？要擦乾淨！看見腳下的髒地板了嗎？要刷乾淨！」

他還威脅我：

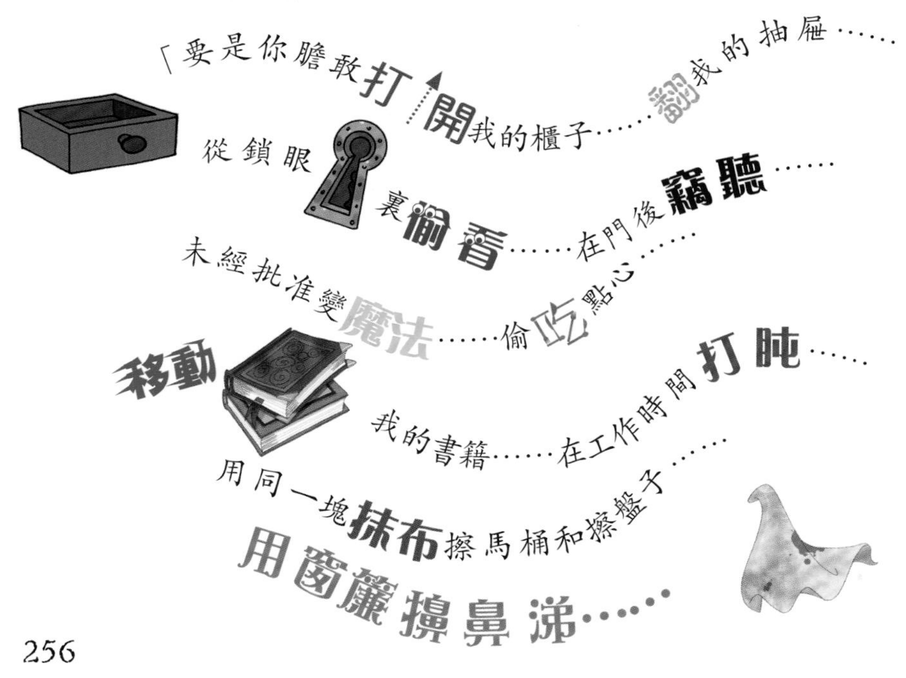

我就會讓你立刻消失，『噗』地一聲從人間消失！」

牛皮喵趕忙打圓場說：「別擔心，陛下，我的同鄉才不會犯這些愚蠢錯誤！」

魔法師揚揚眉毛，問：「牛皮喵，你敢為他擔保嗎？」

牛皮喵抗議道：「才不是呢，我只是說說而已……」

我聽了差點昏過去……

然而，我連昏倒也不行，否則會摔壞了身上的**道具服裝**……

我只好嘟囔着解釋：「別擔心。我從不用窗簾擤鼻涕，而是用手帕……」

黑鬍子看上去並不信任我……

不過他還是妥協了。

他遞給我**一大串**鑰匙：「這是千影塔的全部鑰匙，供你打開每個房間的門來打掃地方。」

他特意指了指一把掛在**旋渦**形狀鑰匙圈上的銀

色鑰匙，吩咐我：「小心點，永遠不要使用這把銀色鑰匙，明白嗎？否則我就會讓你人間蒸發！**噗！噗！噗！**」

牛皮喵重複喵喵說：「對對對，永遠別用這把鑰匙，否則魔法師會讓你人間蒸發，喵嗚！」

我好奇地端詳着這把鑰匙，它到底是用來開什麼的呢？？？

魔法師走了，**牛皮喵**跟在他身後，嘀咕道：「現在的魔法師助理，真是一代不如一代……」

我確認他們已經走遠，才開始觀察周圍的**環境**。

我必須找到那三件魔法寶物，如今我確信它們就藏在千影塔內！我需要儘快查出它們的下落，越快越好！然而……**它們在哪兒呢？**

我突然靈機一動：也許，我應該試試那把銀色鑰匙……魔法師這麼着緊地命令我不准使用它，這就說明它十分**重要**！

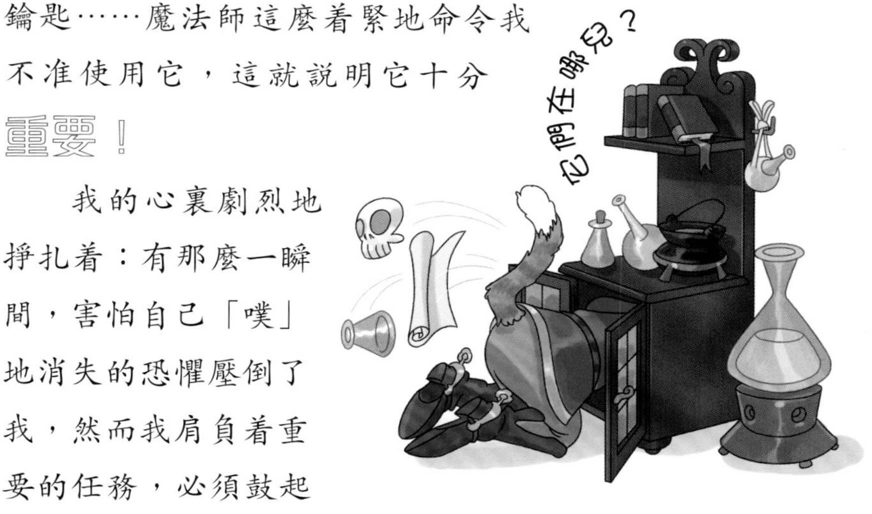

我的心裏劇烈地掙扎着：有那麼一瞬間，害怕自己「噗」地消失的恐懼壓倒了我，然而我肩負着重要的任務，必須鼓起勇氣來！

我沿着長廊一路**小跑**，不停地用那把鑰匙逐一嘗試打開一道道房門，可惜都未能成功。直到我來到最後一道小門前，那道小門位於塔頂，散發出閃亮的銀光，門上還刻着一個**銀色旋渦**的圖案。

我將那把鑰匙插進鎖孔，門「咿呀」一聲打開了……

只見房間中央擺放着幾件物品：一個深色的長方形大箱子，一個用黑色天鵝絨布蓋着的**球狀物**，還有一個木頭小匣子……它們會是我苦苦追尋的寶物嗎？？？

它們會是我苦苦追尋的寶物嗎？

我首先打開那個長方形的箱子。

赫然看到裏面收藏着一本書！

整本書散發出仙女的**璀璨光芒**……封面上還有一行閃閃發亮的字體，寫着……

千條魔法之書！！！

接着，我掀起蓋在球狀物上的一塊黑色天鵝絨布……哇啊，一個晶瑩通透的**水晶球**出現了！

最後，我打開那個以珍貴的木頭製成的小匣子，發現了……傳說中的**低語魔法杖！！！**

我簡直不敢相信自己的眼睛，我終於成功了，我做到了，我找到了那三件**魔法寶物！**

我完成了一個不可能完成的任務！！！

我的全身突然湧起了一種強烈、強烈、強烈烈烈的自豪感。我真是個**英雄！**

我開始陷入美好的幻想……

「到底夢想國的居民會怎樣迎接我的凱旋歸來……他們一定會為我建造一座雕像……並將一條道路以我的名字來命名……還會在夢想國的歷史書內記錄我的過去……所有的母親會用我的名字來為自己的寶寶起名！因為我是那麼智慧、勇敢、有擔當，我的的確確是位**正直無畏的騎士！**」

突然，我感到有誰在拽我的外套……

原來，拽我的是**隱形斗篷**，他偷偷鑽進千影塔來找我了！

他又拉拉我的袖子，似乎要阻止我。**真奇怪！**

隱形斗篷叫喚我：「*哇哇哇哇哇？嘰嘰哇！*」*(你在幹什麼？要當心！)*

我沒有理睬他。

我可沒空理睬一個隱形斗篷，它除了整天放臭臭外，什麼也不會！

我已經完成了如此非凡的任務！現在沒有誰可以命令我做什麼！

此時此刻，我腦中湧起一個**奇特的想法**……

我要嘗試使用這三件寶貝！這樣一來，我就可以成為一個魔法師……「噗」的一聲追查到芙勒迪娜的下落！！！

我要做的第一件事，就是穿上**黑鬍子魔法師**放在房間裏的服飾……

我如何變身為魔法師……

1.我脫掉了貓咪道具服裝……

2.直到剩下一條內褲！

3.我取出黑鬍子魔法師的整身服飾裝扮……

4.我逐一穿上袍子、
鞋子，再戴上項鏈
和魔法師帽子……
5.我大呼一聲：
我要變身為魔法師啦！
6.我感覺自己成了一名
真正的魔法師：
強大，十分強大！

千條魔法之書

我感覺自己成了一名真正的魔法師：強大，十分強大！

我高呼一聲：

「快快『噗』的一聲變出芙勒迪娜！」

然後，我翻開千條魔法之書，一頁頁翻找：「這簡直是易如反掌，只需要找到魔法口訣，再揮舞魔法棒即可：很容易，**太容易**啦！」

此刻，隱形斗篷的舉動更加奇怪了。它似乎十分緊張，上躥下跳，試圖**攔阻**我。

千條魔法
之書

當你翻開這一頁時，便會知道我是……
千條魔法之書！
有了我的出現，夢想國的祖先才能開天闢地建立水晶宮！
我是……夢想國中擁有最強大魔力的魔法書。誰擁有了我，就擁有了真理！
我由墨水矮人用神奇墨水書寫而成。只有配得上我的讀者，才能看到墨水書寫的文字！

多虧了這神奇的墨水，穩藏着我的內容，不為那些心懷不軌之徒奪去。

遺憾的是，黑鬍子魔法師戴上了和諧島玻璃大師製作的特別眼鏡，看到了神奇墨水書寫的文字！現在他利用我來使用邪惡的魔法！嗚嗚嗚！

要是你讀到我的文字……快救救我！

如果你心靈善良，請你使用魔法，把我帶回水晶宮！

水晶球

千條魔法之書告訴我要小心，我合上書本後，將注意力轉移到水晶球上。

我若能運用這第二件寶貝，一定能變成力量更加強大的魔法師！

我用雙手撫摸水晶球球面，球面上頓時浮現出很多影子，彷彿霧氣般模糊。

隱形斗篷發現我盯着球面看，立刻用身體遮住了水晶球，這下我什麼也看不到了！

雖然小斗篷遮住了水晶球，可它在忙亂中卻放出一串臭臭。

我粗暴地一把將它掀起。

你是在嫉妒我的能力！

我大吼一聲：「**小斗篷**，乖乖不要動！」

他發出絕望的嗚咽，我仍然不依不饒：「我知道了，你是在**嫉妒**我的能力！你想變成像我一樣強大的魔法師嗎？可你只是件小斗篷，而我則是世間最強大、最神奇、最偉大的**謝利連摩魔法師**！

水晶球是我的，我的，我的！沒有誰能將它從我身邊奪走！以我的一身**鼠毛**發誓，為了捍衛它，我願意付出任何代價！」

我抱住水晶球，聲嘶力竭地大叫：

「這可是我的寶貝貝貝貝！」

這下令小斗篷受驚了，它開始哇哇大哭，當然它的淚水也是**隱形**的！

我才沒心思理睬它。此刻，我的注意力全集中在最後一件寶物上：**低語魔法杖**。

低語魔法杖

我試圖抓住**低語魔法杖**，可它……迅速移動了起來！它一會兒滾到這兒，一會兒滾到那兒，上躥下跳……**總之一刻也不停下來！**

我大聲尖叫：「你這個淘氣的**小魔法杖**，快過來！聽從偉大的**謝利連摩魔法師**號令！」

可那魔法杖趁我不備……「嗖」地一聲從我身邊溜走了！！

嗖嗖嗖嗖嗖！

我滿屋子追着魔法杖**跑**，嘴裏高叫：「哈，你可逃不出我的手心！現在，我要翻開**千條魔法之書**，找出制服你的方法，你這個可惡的小魔法杖！」

我翻開魔法**書**，尋找魔法口訣……

我笑着說出口訣：

「魔法杖落來，

魔法杖落來

魔法杖落來！」

可那魔法杖並沒乖乖落到我手爪裏，而是開始……敲打我的腦袋……哎喲喲！

這時，我發現自己犯了一個**錯誤**：我說錯了口訣！

真正的口訣是：「魔法杖過來！」而不是「魔法杖落來！」

我總算說出了正確的口訣……於是，魔法杖在我掌握之中啦！

真正的魔法大師……還是草包一隻？

隱形斗篷靜靜地躲在角落裏，我則忙不迭地翻閱**千條魔法之書**。

我決心試試看……自己成為**魔法師**的潛力！

書裏介紹了各種各樣的魔法，讓人目不暇給：有變大和變小的魔法，有穿梭時光的**魔法**和環遊世界的**魔法**，也有讓事物消失和讓事物重現的**魔法**。還有，日常逗樂的**魔法**：「如何讓石頭發笑」，或者「如何讓一棵樹哭泣」等等……

為了儘快上手，我選擇一個看上去極為簡單的魔法：**如何變出一隻癩蛤蟆**。

我閱讀魔法口訣：如何變出一隻癩蛤蟆，需要揮舞魔法杖，口中唸到：

「跳到這兒，跳到那兒，癩蛤蟆癩蛤蟆快來這兒！」

於是，我舉起魔法杖：「咦，書上說**揮舞**魔法杖，卻沒有寫揮舞多久……既然沒有寫，說明這不重要，我想揮舞多久都可以……」

我清清嗓子，抬起手臂，高聲唸起口訣：

「跳到這兒，跳到那兒，癩蛤蟆癩蛤蟆快來這兒！」

接着，我揮舞魔法杖：一下、兩下、三下、四下，直到……變出一隻**癩蛤蟆**！

我自言自語地說：「我真是個天才！一天之內，我就從小老鼠晉升為真正的**魔法大師**！我果然天賦異稟，不然大家怎麼會一直推選我來尋找芙勒……芙勒迪娜！」

我居然把她忘記了！我怎麼會這樣傻？我的任務是要找到她，可我甚至還沒開始尋找！我的目光一落到那些魔法寶物上，就把一切拋到腦後……

幸好，我還可以彌補，只要我把那癩蛤蟆弄走，然後……呱，呱，呱……

我猛地一驚，這才意識到冒出來的不是**一隻癩蛤蟆**，而是**三隻癩蛤蟆**！

沒過一會兒……牠們變成了**九隻癩蛤蟆**！

癩蛤蟆的數量還在增加！

我究竟哪裏做錯了？

此時，我才發現書頁底部印着一行細小的文字：「注意：最多揮舞魔法杖三次，一旦揮舞四次或以上，變出的並不只是一隻癩蛤蟆，而是一百萬隻癩蛤蟆！」

呱……

呱……

我頓時嚇得驚叫起來：「我以一千塊莫澤雷勒乳酪的名義發誓，一百萬隻癩蛤蟆哪裏容得下呢？」

我開始瘋狂地尋找其他口訣，來彌補自己釀成的**惡果**。可我怎麼也無法集中精神，因為癩蛤蟆們在一旁正叫得興起！

為了能閱讀得更仔細，我需要光亮，因此我又運用了一條魔法口訣：「一根蠟燭我需要……此條魔法快生效！」

你能找出圖中
有幾少隻癩蛤蟆嗎？

答案參見
第325頁。

沒過多久，一根蠟燭出現在我面前。我對自己的表現感到十分滿意，怎料蠟燭的**火焰**很快就蔓延到地毯，然後是窗簾，以及房間內的家具上，我發現自己正置身於一片**火海**中！

我嚇得上氣不接下氣地唸出另一個口訣，試圖撲滅火焰。

「水呀水呀，淋下來，
流到身上真涼快！」

不一會兒，**瀑布**般的水流澆到我頭上，瞬間撲滅了**火焰**……

簡直一團糟！

經過一番折騰後，我終於鬆了一口氣：「**呼，咳咳！**」

可我還沒舒心多久，又發現瀑布般的水流仍在往下灌！

很快，這個銀門後的小房間就被水淹了，各種物品漂得到處都是，我一眼瞥到了**魔法書**！

我馬上爭分奪秒地翻着書頁，直到終於找到制止水流的魔法口訣：

「瀑布水流快溜走，休在我房間停留！」

頃刻間，水流消失了，只留下滿地水窪，以及**癩蛤蟆**們聒噪的叫喚聲。

真要命啊！我必須趕在黑鬍子魔法師回來前擦乾地板，以免被他發現房間的變化！**啊，這一**

救命啊！

切簡直是一團糟！

如今我才明白：那些魔法寶物在我手上只會落得禍患無窮。

沒錯，真是讓人驚心動魄的領悟……

魔法是十分危險的……

最好還是不要接近它們！

我這次不敢再使用任何魔法，老老實實地用地拖和抹布**清理**地板。**隱形斗篷**在一旁幫助我，用抹布來吸水，再把抹布擰乾。

親愛的、親愛的隱形斗篷！

原來，小斗篷剛才一直試圖提醒我不要被那些

寶物迷惑，犯下大錯……

我緊緊**擁抱**小斗篷，它立刻原諒了我。

可我們的喜悅沒持續多久，因為我們被成千上萬的**癩蛤蟆**包圍住了！我該怎麼弄走牠們呢？

幸好，這時小斗篷機警地給我指了指窗户，窗下面對着千影之國的沼澤地。我打開窗户，癩蛤蟆們飛快地一隻接一隻地縱身**撲**下去，消失在**泥濘**的沼澤地裏。

影子監獄

在隱形斗篷的幫助下，我終於把地板弄乾了。

我鬆了一口氣，脫下黑鬍子魔法師的服飾，換上了小斗篷給我帶來的鎧甲。

我拿起三件魔法寶物，披上隱形斗篷，在千影塔內黑暗的長廊上摸索，到處尋找皇后殿下。

我在樓梯間上上下下，打開一道又一道門，

巡查大房間、小房間、大大房間、小小房間，可……我一無所獲，沒有發現

任何

哪怕是

一點點線索！

我知道芙勒迪娜一定被關押在塔內某處……

我焦慮地跌坐在長長的樓梯的梯級上。

千條魔法之書從我手中滑落，掉在地上，剛好翻到一頁上面標題寫着：「夢想國最神奇的魔法監獄……」

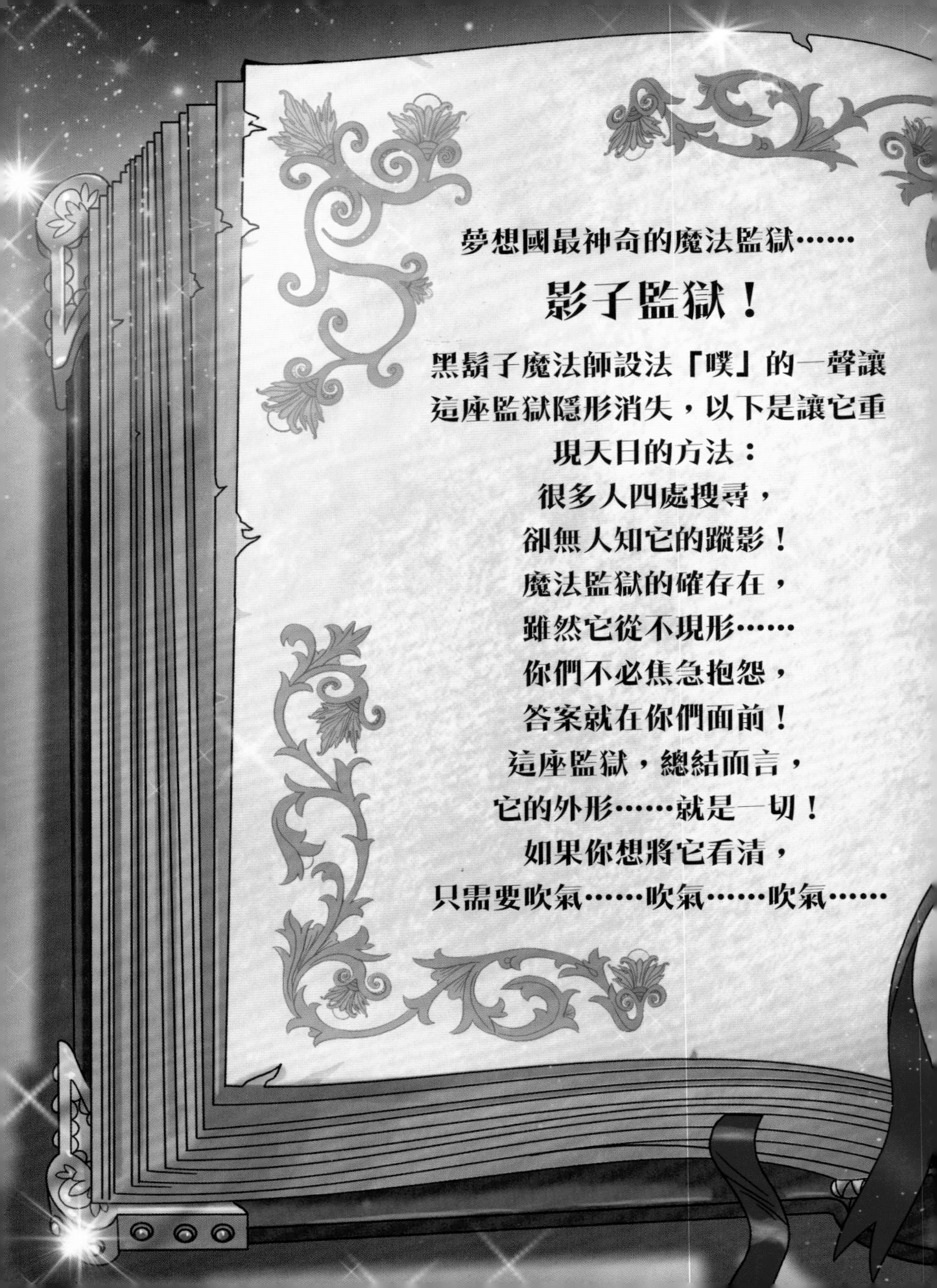

夢想國最神奇的魔法監獄……
影子監獄！
黑鬍子魔法師設法「噗」的一聲讓
這座監獄隱形消失，以下是讓它重
現天日的方法：
很多人四處搜尋，
卻無人知它的蹤影！
魔法監獄的確存在，
雖然它從不現形……
你們不必焦急抱怨，
答案就在你們面前！
這座監獄，總結而言，
它的外形……就是一切！
如果你想將它看清，
只需要吹氣……吹氣……吹氣……

這就是神秘的
影子監獄！

隱形斗篷用手指指頁面，激動地哼唧着。我望着上面的大字反應過來：芙勒迪娜一定是被關在**影子監獄**中！

我看着書上的圖畫。

也許……我應該對着畫面吹氣，試試能否找到影子監獄的大門？

好吧，值得嘗試一下……

我感覺什麼也沒發生。

突然圖畫上那道小門開始**震動起來**，逐漸

變大……變大……變大……

門張開了一道小縫，逐漸全部打開，突然間一股神秘的力量將我吸進門內，穿越一個神奇的**星辰旋渦**……

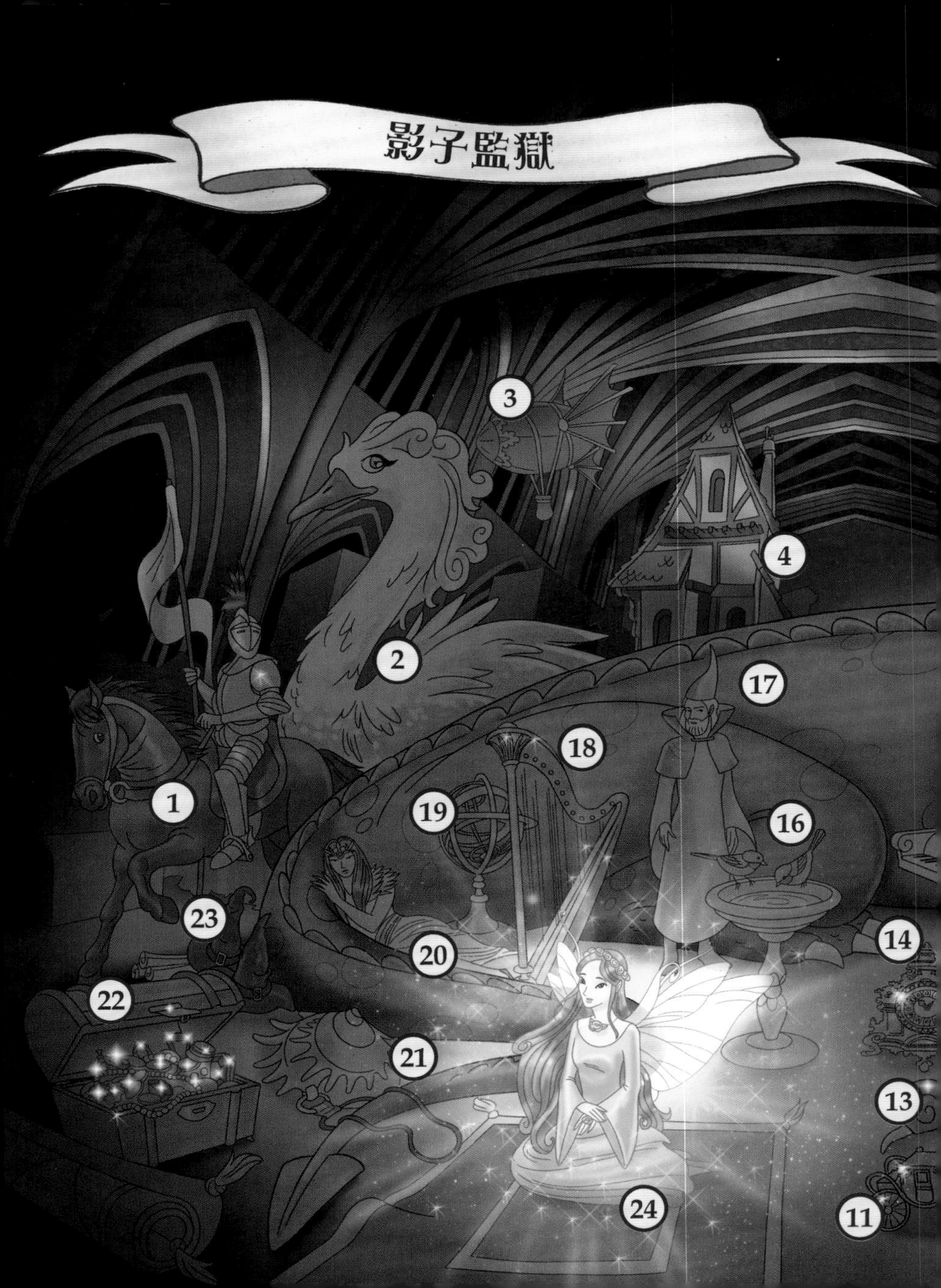
影子監獄
3
4
2
17
18
1
19
16
23
20
14
22
21
13
24
11

夢想國內的許多生物和物品都神秘地消失了，那是由於黑鬍子魔法師將他們關進了影子監獄……他們將永遠被關在那兒，除非有心地善良的英雄來把他們解救出來！

1. 鍍金鎧甲騎士
2. 銀色羽毛天鵝
3. 暴風雨船長的飛船
4. 幽靈屋
5. 飛天掃帚國皇后
6. 黃玉樹
7. 黑鬍子魔法師收集的飛毯
8. 甜夢糖罐
9. 透視幽靈的眼鏡
10. 花精靈寶貝
11. 草蜢國王的馬車
12. 遲夢龍
13. 極速蝸牛
14. 歡樂時光鐘
15. 搖籃曲古鋼琴
16. 燕雀噴泉
17. 巨精靈雕像
18. 金豎琴
19. 星辰球
20. 夢幻仙女
21. 巨人海貝殼
22. 海盜保險箱
23. 女巫帽
24. 芙勒迪娜

我的皇后，隨我逃走吧！

在影子監獄內部，收藏着許多珍稀的物品，以及關着活生生的人。**黑鬍子魔法師**希望他們永遠不見天日。我看到他們中的一位發出星光般璀璨的光芒，她就是……

我激動地單膝跪在她面前，一顆**心**激動得怦怦直跳。

「我的皇后，我總算找到你了！」

她向我微笑：「騎士，我從未放棄希望，我知道你一定會揭開**影子監獄**的秘密！」

就在此時，**隱形斗篷**擔心地哼唧起來，用手緊緊拉住我的衣袖。

親愛的騎士！
我的皇后！

就在這時，我聽見一陣**大吼**……那吼聲來自**黑鬍子魔法師**：「你這個小小助理，竟敢違背我的命令？我要給你點顏色看看：讓你『噗』地消失！」

我還聽見**牛皮喵**的嚷嚷聲：「什麼靴子貓國同鄉……原來是一隻老鼠，難怪我一直聞到鼠味兒！」

眼見黑鬍子魔法師和牛皮喵即將追上我們，我一把拉住芙勒迪娜纖細的小手，縱身躍出影子監獄，所有被關押的生物也緊跟在我們身後。

我們一起向千影塔的出口奔去，我的心緊張得跳到嗓子眼。

芙勒迪娜呼喚我：「快點兒，騎士，快將

千條魔法之書、
水晶球和
低語魔法杖

遞給我！」

瞬間，低語魔法杖快樂地蹦跳到她的手上！

水晶球發出璀璨的光芒和應着！

這時，千條魔法之書開始不斷變大，向芙勒迪娜展現適用於此時的魔法標題：*「如何將千影塔變為水晶塔：驅除塔中的邪惡，在其中注入誠實、友善、慷慨，造福世界！」*

芙勒迪娜放聲高歌，如千隻夜鶯一起吟唱般**溫婉動聽**：「千影塔，邪惡陰影快消散，水晶鑄成你新顏！」

千影塔
邪惡陰影快消散！
水晶鑄成你新顏！
水晶鑄成你新顏！

頃刻間，**千影塔**變成了一座晶瑩剔透的水晶塔！

透過水晶牆壁，我**看見**魔法師和牛皮喵正揮手與我們道別……在強大的魔法力量洗禮之下，他們也被影響感化向善啦！

我以一千塊莫澤雷勒乳酪的名義發誓，這真是最令人振奮的奇跡！

我們終於自由啦！！！

在確認我們脫險後，油油鴉從灌木叢裏**跳**出來，提醒我：「啞啞啞，你們進去已經很久啦，騎士！」

他看到芙勒迪娜，趕忙跪在她面前。

「皇后殿下，請允許在下自我介紹：我名叫油油鴉！」

芙勒迪娜點點頭：「油油鴉，我會付給你應得的金幣！因為你的貪財，反而在此次行程中幫助了騎士，協助他完成了任務！

「希望你日後會耐心幫助那些遇到困難的人，而不要急着索取回報！」

油油鴉向皇后鞠了一躬道謝，隨後**飛**上藍天，留給我們一句話：「我會盡力，不過我可不敢保證啊！我最喜歡耍滑頭啦！**啞，啞，啞！！！**」

芙勒迪娜揮舞魔法杖，口中唸唸有詞：「神奇的魔法杖，將我送去心靈指引的地方……」

仙女保險庫

一道藍光閃過，我們轉瞬間就置身於水晶宮的寶座大廳裏！

隱形斗篷激動地叫嚷起來：「哇哇，哇哇嘰！」*（啊啊，真神奇！）*

芙勒迪娜用手輕輕撫摸它，隨後她走到一面牆邊，轉動牆上的**水晶玫瑰**浮雕，突然間，浮雕開始轉動起來。

在浮雕的背後，出現了一個巨大的**保險庫**！

芙勒迪娜給我們介紹：「這就是仙女保險庫！」

整座保險庫由**仙女白銀**打造而成，這種金屬比黃金更珍貴，比鋼鐵更牢固……

然後，她低聲說出一個密令。

我隨她一同步入保險庫內，然後……

眼前的壯觀景象讓我屏住了呼吸！

這就是仙女保險庫！
真神奇！

仙女保險庫
7
6
1
2

1. 魔法杖室
2. 水晶球室
3. 仙女珍寶室
4. 仙女圖書室
5. 鏡子迷宮
6. 仙女武器室
7. 邪惡之物收藏室
5
4
3

芙勒迪娜帶領我進入一個芬芳四溢的玫瑰迷宮，我們來到了中央大廳，發現這裏設有**七個花瓣形狀的房間**，裏面收藏着各種奇珍異寶。

在這些房間裏，擺放着各種尺寸、各種材質的魔法杖，還有**永恆的時鐘**、神奇的鍋子、仙女珍寶、魔法鏡子、**會說話的書**、有魔法的戒指、仙女淚長頸瓶、水晶心，以及成百上千的**魔法物件**……有些甚至十分危險！

芙勒迪娜鄭重地說：「騎士，這裏存放着夢想國**法力最強**的魔法之物。」

她直視我的雙眼，一臉凝重地說：「騎士，相信你已經親身體會到這些物件一旦落入外行人或者更糟的邪惡之手會有多**危險**！因此，從今以後我會將千條魔法之書、水晶球和低語魔法杖也收藏在這個仙女**保險庫**內。」

聽罷，我羞愧得滿臉通紅，回想起那些魔法之

物，差點摧毀了我的意志……

我製造了多大的**麻煩**啊！

芙勒迪娜微笑地望着我：「騎士，我信任你！所以，我會告訴你開啟保險庫的**密令**。只有你才配得上知道這個秘密！因為如今你已經了解到自身的缺點，你體會到了魔法的危險性！」

她向我彎下腰……

我將一隻手爪按在**胸口**上，鄭重地起誓：「我絕不會洩露此密令！我的皇后，**你的秘密**將永遠保密！」

她向我伸出嬌嫩的手：「我知道，騎士！現在告訴我……在我送你和隱形斗篷重回家鄉前，我該怎樣**報答**你們再一次拯救了我和夢想國呢？」

小斗篷**嚷嚷**說：「哇……哇哇哇哇哇哇哇哇嘰？*（我……我能討一些吃了不會放臭臭的腰豆嗎？）*

芙勒迪娜雙手合十，手上立刻出現一個袋子……裏面盛滿了散發着玫瑰香氣的**金腰豆**！

小斗篷滿意地歡呼起來。

而我則安靜地思考着，有一件事我一直**嚮往**，卻不敢親口問她說……

我的臉憋得**通紅**，結巴着說：「我的皇后，我只是完成了自己應盡的義務。我並無所求……

不過……其實……倒是……有件事……也許……可能……希望……我能……斗膽……請你……在我離開前……給我一個吻嗎？」

芙勒迪娜笑了起來，在我額頭上印上一個香吻，宛如玫瑰花般芬芳。

隨後，她歡快地跳起舞來，宛如微風般輕盈，輕舞着與我道別……

接着，我落進一個光的旋渦……

重返
妙鼠城

重返……家園！

那金色的光芒如此強烈……我不得不閉上眼睛……

當我重新睜開眼睛時，我發現自己躺在妙鼠城家中的小牀上。

一束金色的陽光照在我臉上……

原來，太陽已經爬得很高了，陽光灑滿了我的牀鋪！

我瞥眼看身旁的鬧鐘：我以一千塊莫澤雷勒乳酪的名義發誓，現在已經九點半啦！

我驚訝地向四周張望，頭腦中還殘存着摯愛的芙勒迪娜皇后輕快的舞姿和倩影……

我喃喃自語：「可……我……在哪兒……怎麼……回事……」

我……在哪兒……
怎麼……
回事……

我奔進廚房，看看日曆：今天是3月22日。簡直**不可思議**！！！

我覺得這次旅行歷時很久，可事實上，居然是僅僅過了一個夜晚……

一個神奇的夜晚！

原來，我又一次遊歷了夢想國，儘管是孤身在夢中旅行。

在這次旅行中，我學到了重要的一課……能夠「**噗**」地將所有事情安排好的魔法杖並不存在。要想解決麻煩，可依靠其他東西：誠實、真誠、恆心、責任感，還有……特別是朋友們的**幫助**！

我坐在書桌前，打開電腦，然後……噠，噠，噠！我敲打着鍵盤，開始寫作起來……

「親愛的鼠迷朋友們，你們知道我是誰，對嗎？我叫史提頓，謝利連摩·史提頓！我經營着《鼠民公報》——老鼠島上最有名氣的報紙！你們絕不會相信：我要向大家講述的，是在夢想國的又一段奇遇……」

此時，我停了下來，滿意地**咕吱**說：「嗯，這個開頭還不賴，真不賴……」

我繼續寫啊寫啊，持續了一整天，第二天也筆耕不輟，**一天接一天，一個禮拜接一個禮拜，一個月接一個月……**

我一直靈感源源不絕，不停地把寫着，直到完成了著作，便向好友們徵詢意見。

最後，這本書終於定稿了！我邀請所有的親朋好友們，共同**慶祝**並**分享**我的喜悅！

親愛的讀者朋友們，我真希望你們和我在一起！我想一個接一個地**擁抱**你們，並告訴你們我心中珍藏已久的話！我生命中真正的奇跡，就是……

友誼

夢想語詞典

答案

P.54

P.108-109

28隻隱形蜘蛛。

P.166-167

22枝蠟燭。

P.254-255

P.284-285

105隻癩蛤蟆。

奇鼠歷險記9

水晶宮的魔法寶物

NONO VIAGGIO NEL REGNO DELLA FANTASIA

作者：Geronimo Stilton　謝利連摩・史提頓
譯者：林曉容
責任編輯：胡頌茵
中文版封面設計：李成宇
中文版內文設計：羅益珠　劉蔚
出　　版：新雅文化事業有限公司
　　　　　香港英皇道499號北角工業大廈18樓
　　　　　電話：（852）2138 7998
　　　　　傳真：（852）2597 4003
　　　　　網址：http://www.sunya.com.hk
　　　　　電郵：marketing@sunya.com.hk
發　　行：香港聯合書刊物流有限公司
　　　　　香港新界大埔汀麗路36號中華商務印刷大廈3字樓
　　　　　電話：（852）2150 2100　傳真：（852）2407 3062
　　　　　電郵：info@suplogistics.com.hk
印　　刷：C & C Offset Printing Co., Ltd.
　　　　　香港新界大埔汀麗路36號
版　　次：二〇一七年十月初版
　　　　　二〇一九年五月第二次印刷

http://www.geronimostilton.com
Based on an original idea by Elisabetta Dami.

Cover By: Silvia Bigolin and Christian Aliprandi
Story Illustrations: Silvia Bigolin, Carla De Bernardi, Alessandro Muscillo, Federico Brusco, Silvia Fusetti, Archivio Piemme and Christian Aliprandi.
Graphics: Marta Lorini, Chiara Cebraro, Michela Battaglin and Daria Colombo.
Art director: Roberta Bianchi
Artistic assistance: Elisabetta Natella, Lara Martinelli and Andrea Benelle

ISBN: 978-962-08-6906-8

18/F, North Point Industrial Building, 499 King's Road, Hong Kong
Published and printed in Hong Kong.

奇鼠歷險記

①漫遊夢想國

②追尋幸福之旅

③尋找失蹤的皇后

④龍族的騎士

⑤仙女歌雅不見了

⑥深海水晶騎士

⑦追尋夢想國珍寶

⑧女巫的時間魔咒

⑨水晶宮的魔法寶物

⑩勇戰飛天海盜

⑪光明守護者傳説